두꺼운 북소리

박남주 에세이

DADADA

프롤로그

나, 파라볼라

어떤 이야기는 살아가는 동안 희망이 되기도 한다. 어려서
부터 듣고 자란 '박애기'의 구사일생 전설은 내 삶의 방향을
파라볼라(Parabola) 안테나처럼 한 점으로 응축시킨다. 지금
까지 내가 한눈팔지 않고 생(生)의 한 방향으로 끈덕지게 살

아가는 이유다.

　여러 번 죽을 고비를 넘겼다는 말을 어머니께 전해 들을 때마다, 나는 내 의지와 상관없이 불운한 이야기의 주인공이 되었다. 등짝에 붙은 혹처럼, 내 삶의 여정 어느 곳에서나 어김없이 이야기는 되살아났다.

　최초의 기억이라고 할까. 내가 태어나던 날 고향 집 마당에는 김장이 한창이었다. 대가족이 겨우내 먹을 김치는 가족 모두가 함께하는 큰 행사였다. 어머니는 만삭의 몸으로 산처럼 쌓인 배추를 절이고 양념을 준비하다가 나를 낳았다. 얼마나 놀랐을까. 어머니가 당황한 나머지 벌떡 일어서는 바람에 탯줄이 끊어졌다. 지금이면 바로 병원으로 달려갔을 터인데, 할머니의 지혜로 짧은 탯줄을 겨우 묶어서 나는 살아났다. 몸이 약해서 죽을까 봐 이름도 짓지 않고 다섯 살 될 때까지 '박애기'로 불렸다.

　두 번째 기억은 열 살 무렵이다. 여름 방학이 되면 황룡강 지류인 망다리보로 멱을 감으러 다녔다. 얕은 물가에서 놀았는데 어떻게 된 영문인지 모르나 나는 깊은 물속에 빠져버렸다. 다행스럽게도 작은형이 나를 발견하고 구해주었다. 나는 많은 물을 토해내고 겨우 살아났다. 정신을 차린 후에야 내가 물에 빠져 죽을 뻔했다가 살아났다는 것을 알았다.

고등학교 2학년 가을에 세 번째 죽음의 순간을 느껴본 적이 있었다. 친구 자취방에 놀러 가서 함께 잤다. 새벽녘 잠결에 마당에 있는 화장실에 다녀오다가 쓰러졌다. 속이 메스껍고 이상했다. '아! 이대로 죽으면 안 되는데……'하는 심한 공포 감이 몰려왔고 동시에 한 번도 느껴보지 못한 묘한 희열을 순 간적으로 맛보다가 정신을 잃었다. 얼마나 시간이 흘렀을까. 얼굴 위로 상쾌한 바람이 스치고 멀리서 새벽닭 울음소리가 아련히 들려왔다. 눈을 떠보니 하늘에는 작은 별들이 초롱초롱 반짝였다. 새벽이 열리는 시간이어서인지 하늘이 맑고 깨끗했 다. 참으로 이상했다. 아무리 소리쳐도 목소리가 나오지 않았 고 움직이려고 해도 내 마음대로 되지 않았다. 정말 두려운 시 간이었다. 한참 동안 더 누워 있다가 겨우 기어서 방문을 열고 꼬꾸라졌다. 그날 새벽 친구는 물론 주인집 아주머니까지 나를 간호하느라고 온통 난리가 났다. 아주머니가 김칫국을 먹이고 알 수 없는 알약도 주었다. 그나마 다행인 것은 내가 밖에 있는 포도밭 옆 화장실로 갔기 때문에 바깥의 맑은 공기를 마실 수 있어서 살아났다.

죽음을 경험한 많은 사람의 신비한 이야기는 어디까지 진실

인지 알 수 없다. 일생을 통해서 그런 일을 겪지 않은 사람도 있지 않은가. 죽음에 대한 나의 기억은 대체로 선명하다. 죽음의 고비에서 살아났다는 자체만으로도 존재의 가치를 깊게 느낀다. 하늘에서 떨어지는 기러기를 어머니의 치마로 받아내었다는 나의 태몽이 신기하게도 죽음 앞에서도 생명줄을 놓치지 않은 나의 이야기로 환치된다.

파라볼라 안테나는 지향성 안테나로서 점 대 점 통신에 주로 쓰인다. 마이크로웨이브라는 극초단파 무선주파수를 전송하는 전용 안테나이다. 대역폭이 넓어 효율적이다. 서비스로는 전화, 라디오 및 텔레비전 방송, 데이터 신호를 도시와 도시 구간은 물론 전국 네트워크로 연결해준다. 또한 위성통신용으로도 많이 사용한다. 전파망원경 역시 파라볼라 안테나의 일종이다. 파라볼라와 나의 삶은 언제나 한 점을 향하고 있다. 아직도 나는 통신 분야 현장에서 현역으로 일하기 때문이다.

반평생을 파라볼라 안테나처럼 서서 아득한 우주의 소리를 들으려 했으나 도달하고자 했던 한 점은 언제나 구체적 삶의 터전이다. 빨간 지붕 위에 원형 파라볼라 안테나가 일정한 방향을 가리키며 서 있다. 무언가를 골똘히 생각하는 듯 고개를 갸웃 기울이고 있다. 애끓는 사랑의 눈으로 바라보는 어머니의 얼굴처럼 보인다. 기다림에 지쳐 가슴에 난 구멍처럼 둥글다. 녹슬어 앙상해질 때까지 하늘 끝 한 방향을 바라보는 일에는 결코 흐트러짐이 없다.

내 삶의 지향점은 고향이다. 나의 파라볼라 안테나는 남녘 고향마을을 바라보고 서 있다. 받아보고자 하는 전파를 받기 위해서는 그 방향으로 맞추어야 한다. 김장하던 날, 내가 태어난 '도덕리 312번지'는 파라볼라 안테나의 한가운데 같은 장소다. 그곳에서 박애기의 생명을 섬세하게 수신한다. 그렇게 수신한 우주의 언어는 회오리바람을 타고 마을 어귀에 서 있던 팽나무에 새겨진 다음, 세상으로 송신된다. 이야기가 무르익어 갈수록 나의 송신 출력은 자꾸만 커진다.

본시 처음과 끝은 없다. 글을 쓰는 동안 어쩌면 내가 알 수 있을 것 같은 세상과 교신을 시도한다. 거기서 보내온 수많은 전파를 파라볼라에 담아 하나의 점으로 모은다. 응집된 이야기 안에 박애기가 걸어가고 있다.

두꺼운 북소리

무딘 칼 한자루

파라볼라

물위를 걷는 새

도덕사진관

두꺼운 북소리

별 하나의 기억

새벽에 남서쪽 창을 열면 별들이 보인다. 상쾌한 바람과 함께 어둡지 않은 푸르스름한 새벽하늘에 뚜렷하게 빛나는 별 하나가 눈에 들어온다. 별을 보면 마음이 포근해진다. 그것은 외할아버지에 대한 잊을 수 없는 추억이 남아 있기 때문이다.

초등학교 때부터 여름방학이면 외갓집에 갔다. 엄마와 비슷하게 생긴 외할머니는 목소리가 차분했지만 상대적으로 외할아버지 목소리는 컸다. 체구는 크지 않았는데도 목소리가 젊은 청년 못지않게 우렁찼고 성격은 호탕했다.

"남주야! 별 따기 한번 할까?"

"할아버지, 별을 어떻게 따요?"

별 따기는 외가에 갈 때마다 계속되었다. 밤이면 모깃불을 피워 놓고 평상에 누워 여름 밤 하늘의 별을 쳐다보면서 누가 틀리지 않고 더 많은 숫자의 별을 따는 내기였다.

"별 하나 따서 구워서 불어서 망태에 담고, 별 둘 따서 구워서 불어서 망태에 담고. 별 셋 따서……."

틀리지 않고 스물을 넘기기가 쉽지 않았다. 서둘러서 별을 세려다보니 몇 개 못 따고 틀렸다. 심판은 외할머니였다. 언제나 외할머니는 외할아버지의 목소리가 분명하지 않았다느니, 속도가 느렸다느니, 꼬투리를 잡아 내가 이겼다고 편을 들어주었다. 물론 외할아버지도 대체로 내게 져 주었다.

나이에 비해 정정하신 외할아버지는 흰 수염을 길게 길렀다. 수염이 길 뿐만 아니라 숱도 풍성해서 서당 훈장과 비슷해 보였다. 어린 마음에 할아버지가 조선시대 사람처럼 보여 마음에 들지 않았다. 하지만 재미있는 이야기도 많이 해주어서 할아버지를 따랐다. 어느 누가 외갓집에 대한 추억이 없겠는가마는 친할아버지를 모르고 자란 나는 외갓집에 가는 여름방학을 기다리곤 했다. 외할아버지나 외할머니는 텃밭에 심은 참외도 잘 따주었고 무조건 내 뜻을 받아주었다.

언제나 호탕한 목소리로 재미있는 이야기를 잘 해주어서 걱정이 없는 줄로만 알았던 외할아버지에게도 큰 아픔이 있었다. 작은외삼촌이 6·25때 돌아 가셨다고 했다. 좋은 직장에 다니던 작은외삼촌의 갑작스런 죽음에 할아버지는 반은 미쳤다고 했다. 인민군 치하이던 때 가족을 괴롭히던 사람을 만난 뒤 원인도 모르게 세상을 떠났으니 그 한이 가시지 않았다. 작은외삼촌에 대한 슬픔을 하늘의 별보다도 아득히 안고 살았다. 외할아버지는 별 하나를 따서 망태에 담을 때마다 원망과 아쉬움을 불어서 삭혔으리라. 지긋지긋한 고통을 별을 따는 순간 잊어버리고 싶지 않았을까. 외할아버지는 더 많은 별을 따서 망태에 담아야했다.

전후 사정을 모르던 내게 별따기는 아직도 잊을 수 없는 좋은 추억으로 남아 있으니 아이러니하다.

어린 시절에는 저 많은 별들은 누구를 위해 존재 하는가 생각조차 하지 못했다. 더구나 외할아버지와 별을 딸 때는 그저 재미있는 놀이로 생각했다.

공교롭게도 나는 회사에서 12주간의 통신위성 교육을 받은 일이 있었다. 인간이 적도상공 3만6천Km의 원 궤도에 쏘아올린 국제간 통신위성이 공전주기와 자전주기가 일치하므로 마치 한 점에서 정지되어 있는 것처럼 보인다는 사실도 알았다.

물론 위성은 별과는 다르지만 오래전 외할아버지와 함께 따던 별이 생각났다. 수만 광년 멀리 있는 하늘의 별을 손쉽게 따던 놀이가 재미있었을 뿐 할아버지의 한을 조금도 몰랐다.

외할아버지에게 전수 받은 별 따기를 초등학교 4학년인 외손녀에게 알려 주었다. 나도 외손녀에게 내기를 하자고 했더니 눈을 반짝이며 재미있어했다.

"별 하나 따서 구워서 불어서 망태에 담고 별 둘 따서 구워서 망태에 담고 별 셋 따서 구워서 망태에 담고…… 별 스물 따서 구워서 망태에 담고."

옛날을 생각하며 최대한 빨리 별을 땄다. 어느 사이 숨이 차 올랐다. '아, 그러고 보니 그 때 외할아버지 나이가 지금의 내 나이였구나!'하고 깨달았다. 순간 별 스물을 딴 후 숨을 몰아쉬던 외할아버지의 가쁜 목소리가 들리는 듯 했다. 슬픔을 삭이느라 더 숨이 찼을 것 같다는 생각이 문득 들었다. 외손녀가 나보다 더 빨리 스무 개를 넘겨 별을 땄다. 먼 훗날 외손녀도 나처럼 아름다운 추억으로만 기억될지 알 수는 없다. 외손녀의 감성으로는 기대할 만하다고 생각하며 미소를 지었다.

커튼을 젖히고 창문을 여니 별이 반짝였다. 동남쪽으로 난 책상 앞창문은 일어나야 열 수 있지만 남서쪽 창문은 침대에 누워서도 열리니 별 생각을 하게 된다. 날씨만 좋으면 대각선 높이로 펼쳐지는 하늘위에 밝게 빛나는 별을 볼 수 있어서 습관처럼 별을 찾는다. 여명에 아직 별빛이 사라지지 않고 살아있다. 외할아버지와 함께 보았던 별들은 수많은 별을 따 주고도 여전히 밝게 빛나고 있다.

다이아몬드 하우스

모처럼 집안 분위기가 시끌벅적하다, 바다낚시용 뜰채와 긴 받침대를 챙겨서 손녀와 함께 뒷마당으로 간다. 높이 달린 오이랑 작두콩을 따기 위해 낚싯대를 펼친다. 가을하늘 아래 노랗게 익은 오이며 작두콩을 보면 뿌듯하다. 손녀는 뜰채 그물망으로 오이를 가두고 나는 받침대를 길게 뽑아 V자 모양 끝으로 열매를 향해 돌린다. 몇 번의 시도 끝에 망 안으로 오이가 떨어지면 묵직한 무게에 놀라며 손녀는 환호성을 지른다. 대물을 낚은 낚시꾼처럼 손녀는 폴짝 폴짝 뛴다. 신이 나서 오이와 콩을 번갈아 뜰채에 집어넣고 그물망을 돌린다. 아내는 손녀가 넘어질까 붙잡아 주느라 정신이 분주하다.

"할아버지, 계단으로 올라가서 받침대로 돌려봐요!"

손녀의 말에 나는 몇 계단 올라가 옆에서 받침대를 들이댄다.

"더 잘 따지지?"

손녀는 대단한 일을 한 것처럼 뿌듯해 한다. 코로나19로 바깥 활동이 쉽지 않았던 요즈음, 넉넉한 수확의 기쁨을 맛볼 수 있어서 무척 즐거운 일이다.

봄에 상자텃밭에 온갖 씨앗을 심었다. 4층 비상계단 난간에 줄과 망을 쳐서 키웠는데 하얀 작두콩은 흰 꽃을, 붉은 작두콩은 홍자색 꽃을 피웠다. 콩 심은데 콩 나고 팥 심은 데 팥 난다는 말이 딱 맞았다. 콩꽃은 생각보다 크고 예뻤다. 특히 작두콩은 꽃줄기가 길게 뻗어 나와 총상 꽃차례를 이루므로 꽃이 풍성했다. 오이꽃도 샛노랗게 마디마다 피어나서 예쁘기는 마찬가지였다. 작두콩이나 오이나 잎이 넓어서 줄 따라 올라가면 여름철에 그늘까지 만들어 주며 녹색이 짙어 아름다웠다. 더구나 열매들이 크고 탐스러웠을 뿐 아니라 줄기마다 주렁주렁 매달리니 바라보기만 해도 부자가 된 듯했다. 동네 분들이 덩굴줄기에 잎이 돋아나 꽃이 피고 열매가 매달리는 풍경에 매료되어 마당 안까지 들어와 구경하기도 했다.

날마다 아침이면 물도 주고 열매가 얼마나 컸는지 가늠해보는 재미가 쏠쏠했다. 봄부터 여름까지 차례로 꽃이 피고 열매가 맺히므로 푸른 열매가 어느 정도 크면 솎아서 먹기도 했다. 주말이면 손녀와 함께 오이도 따고 작두콩도 따면서 손이 닿지 않는 곳은 나중에 익으면 따기로 약속했다.

시장에서 사먹는 오이보다 훨씬 향과 맛이 진하다. 도시에서 농사짓는 재미가 쏠쏠할 뿐 아니라 가족 간의 사랑도 쌓인다. 작두콩 또한 겉껍질이 파랄 때 몇 개씩 따서 차를 만든다. 작게 잘라 말리고 덖으면 고소한 맛을 내는 차가 된다. 아들집과 딸집으로 나눠 준다. 별거 아니지만 키우는 재미에 푹 빠질수 있는 것은 마당 있는 집에 사는 최고의 호사다.

이 집을 마련하기까지는 몇 번의 이사가 있었다. 처음 광주에서 아파트를 샀을 때 결혼 폐물이 씨앗이 되었다. 이 집에서 15년째 살고 있다. 그동안 내가 직장일이 바쁘기도 했지만 이사를 하거나 집안 대소사를 아내가 모두 맡았다. 나보다 현실적이기 때문에 흔들리지 않고 우직하게 가족들을 지원해 왔다. 마당 가득히 다이아몬드보다 더 빛나는 콩이 알알이 맺혔다.

손녀와 아내는 열매를 따느라 신이 나 있다. 나는 계단으로 올라가 더 높이 달려있는 열매를 받침대에 넣고 돌린다. 아내와 손녀가 함께 뒷마당에서 열매를 따는 모습을 흐뭇한 마음으로 바라본다. 커다란 작두콩 알이 쟁반에 쌓여 가면 손녀는 두 손으로 담아 올렸다 흘렸다 반복하며 좋아한다. 단단한 알맹이들이 반짝 빛난다. 손녀의 얼굴에도 환한 미소가 번진다. 해마다 큼지막한 열매가 열리는 아름다운 집에서 단단하고 밝은 빛이 나는 가족과 나는 오래오래 행복하게 살고 싶다.

목골 이야기

  부모님 추도식 날에는 큰 아이와 함께 가려한다. 대학 다닐 때 까지 함께 성묘 다녔던 목골 저수지 옆 선산의 부모님 묘소를 본량 덕림동으로 옮긴 이야기와 다시 선산을 찾는 방법에 대한 의논을 아들과 해보려한다.

  목골 저수지 주변 오만여 평의 산에 조상의 묘소가 흩어져 있다. 어릴 때부터 지금에 이르기까지 추석과 설 명절에는 어김없이 성묘를 다녔다. 설날에는 눈밭을 걸으며 왜 이리도 띄엄띄엄 묘지를 만들었을까 하며 불만을 가졌다. 저수지 아래쪽에 논이 있었고 산자락에 밭이 있어서 아버지를 따라 다니며 옛 추억이 쌓인 곳이다. 아버지는 장남이 아니었지만 자식들에게 조상 섬기는 일을 전수라도 해 주려는 듯 명절 때 성묘

만큼은 꼭 데리고 다녔다. 추석 때는 묘소 주변에 있는 정금을 따 먹었고 설에는 눈 속에 빨갛게 달려있는 맹감(청미래 넝쿨) 가지를 잘라오기도 했다.

돌아가신 할머니를 목골 선산 가장 양지바른 곳에 모신 뒤로 아버지는 서울과 부산에 사는 형님들도 빠짐없이 성묘를 하게 했다. 그래서 나도 부모님이 고향에 계실 때는 가족을 모두 이끌고 목골 선산에 다녔다. 선산은 마을에서 멀지 않았고 차가 다니는 큰 도로가 농로와 연결 되어서 접근성이 좋았다. 저수지를 끼고 있는 산은 유원지로 개발해도 좋을 만큼 풍광이 좋았다.

선산이 군부대로 수용된다는 소식이 들렸다. 선산은 그동안 종손인 육촌 형님이 관리했다. 할아버지 자손들 중에 어른은 내 아버지뿐이었다. 당연히 아버지는 육촌 형님에게 보상받은 돈으로 다른 선산을 사 놓으라고 했지만 지켜지지 않았다. 수년 전에 특별법에 의해 선산을 등기 정리 할 때 종손명의로 등기하도록 일임한 탓이었다. 아버지는 대대로 물려온 선산이 사라져버린 실망과 배신감에 한동안 괴로워했고 조상의 묘들을 옮기기로 결정했다. 선산이 군부대로 수용되어서 기존 묘는 존치가 가능했지만 자존심과 조상에 대한 죄스러운 마음인 듯

싶기도 했다. 땅이란 소유의 의미가 부여되어야 가치가 있다고 생각하셨는지 4Km나 떨어진 다른 선산으로 조상의 묘를 옮기면서 모두 납골묘역을 만들어서 모셨다.

선산을 관리하기는 쉽지 않다. 대부분 임야라서 큰 땅일지라도 가치가 낮아 돈이 되리라고는 생각지도 않고 지낸다. 시간이 흘러 개발이 되면서 도시인근의 땅은 가격이 상승되어 목돈이 된다. 객지에 나가 사는 종친들은 관심을 두지 않을 때 소유주로 되어 있는 종손이 몰래 팔아 버리는 경우가 있다. 예전에 비해 조상을 대하는 개념도 많이 희미해져가고 전통이 사라져 가는 어쩔 수 없는 현실이다.

아버지가 선산에 관심을 가지고 조상을 기린 만큼, 반의반도나 역시 관심도 가지지 못했다. 부모님의 납골묘에 가는 길에 목골 선산 앞을 지나게 될 때마다 아쉬운 마음이 새삼스레 떠오른다. 선산자락에 이어져서 애지중지 여기던 저수지 밑 조밭에서 수많은 메뚜기를 잡았고 목화밭에서 부드러운 목화 열매를 따먹었던 기억이 아련할 뿐이다. 전통이 이어가기를 내심 바랄 뿐 현실적으로 고향을 떠나 도시에서 살고 있는 나 또한 바쁘고 멀다는 핑계로 참여하지 못하고 있다.

부모님 추도식 때는 우리 친척들이 모두 모인다. 이번 광주 형님 댁에서 모이는 부모님 추도식에 가서 문중 일을 잘 보는 동생과 조카에게 격려도 해주리라. 무엇보다도 덕림동 부모님 묘소 가는 길에 목골 선산을 한번 둘러 봐야 하겠다. 비록 우리 소유의 땅은 아니지만 군부대에서 수용이 해제 되었다고 했으니 다시 문중 땅으로 되돌려 살 수 있는 방법도 찾아봐야겠다. 아버지가 살아 계셨더라면 목골 선산을 다시 우리 문중 소유로 돌려놓았을 텐데 하는 생각이 들었다. 이번 추도식에는 친지들 모두 둘러앉아 목골 이야기를 나누며 부모님을 추도해야겠다.

전화기 변천사

창밖에 벚꽃이 활짝 피었다. 4월의 아침 바람은 상쾌하게 느껴졌다. 꽃소식과 함께 전화 벨소리가 울릴 것 같지만 감감무소식이었다. 긴 서랍장 모퉁이에 놓인 전화는 먼지만 뒤집어 쓴 채 밀려나 있었다. 까만색을 띤 직사각형 전화기는 중후함을 지녔다. 몇 년 전까지만 해도 디지털방식이라 기능도 다양해서 나름 대접을 받았다. 네모난 화면에 스텐 바이(stand by)가 켜져 있지만 전화기는 깊은 잠에 빠져들었다. 휴대폰에 밀려 별로 사용할 일이 없는 일반 전화기를 보니 오래전 고향 집에서 듬직하게 무게 잡고 있던 시커먼 전화기가 떠올라 만감이 교차했다. 지금 나는 어머니의 전화를 기다리는 중이다.

주말에 시골집에 도착하자마자 전화벨이 울렸다.

"도덕 다방이죠? 00인데 커피 넉 잔만 갔다 줘요잉!"

"뭐라고요? 다방 아닌디요!"

그때 어머니가 들어왔다.

"미안 허구만이라우! 쬐끔만 기다리시요! 다방에 가서 거그서 받으라고 할랑께"

어머니는 남의 집에는 없는 전화기가 우리 집에 있는 것만으로도 뿌듯해 했었다.

"아야, 옆에 다방이 생겼는디 전화를 좀 같이 쓰자고 해서 그러라고 했어야!"

어머니 말을 듣고 나는 아무 말을 하지 않았다. 우리 동네가 면 소재지인데도 전화가 있는 집은 몇 안 되었다. 다방이 생겼어도 새로운 전화를 설치할 회선이 없다는 사실을 알고 있었기 때문이었다. 우선 다방을 차린 집에서 전화요금을 전부 부담한다는 조건이었으니 실제로 전화가 별로 쓸 일 없는 어머니로서는 당연한 처사였다. 어쩌다 걸려오는 자식들 안부전화만 받을 일 밖에는 없지 않은가.

처음엔 우리 집에 설치된 전화기는 옆구리에 손잡이가 달린 시커먼 전화기였다. 손잡이를 한참 돌리면 신호가 가서 우체국 교환양이 나오는 자석식이었다. 얼마 후 모양과 크기는 비슷하나 손잡이가 없어진 까만 전화기로 바뀌었다. 더 반들반들하고 윤기가 났다. 손잡이를 돌리지 않고 송수화기만 들면 교환이 나왔다. 어머니는 자식들로부터 걸려오는 전화 때문에 공전식 전화기에 대해 더 애착을 가졌다.

동네 우체국에는 아주 작은 교환대가 있었다. 신호가 오면 교환대의 나란한 구멍에 붙어있던 작은 뚜껑 하나가 달깍하고 떨어지면 작은 구멍이 보였다. 교환양이 그 구멍에 코드를 꼽아 들어보고 해당 집으로 다른 코드를 꼽아 연결해 주었다. 이미 다이얼방식으로 바뀌지고 있던 때였다. 우리 동네는 아직 그냥 전화기를 들면 신호가 가서 교환양이 나오는 공전식 전화기였다. 시내에서 고향집까지는 딱 20킬로미터 거리다. 그러나 통신의 발달 거리는 반세기의 거리만큼 멀었다.

서울로 가는 전화통로는 전화가 부족했던 시절이라 직접 전화국에 가서 상대방 전화번호를 알려주고 신청했다. 서울에 전화를 걸 사람은 많은데 회선은 몇 개 없으니 통화 신청을 하고 난 뒤 교환원이 연결해줄 때까지 한 두 시간씩 기다리는 경우도 많았다. 그런 시대에 살면서 나는 전화에 대한 행운이 따랐다. 당시 최첨단 통신방식인 마이크로웨이브 단말국에서 근무하고 있었기 때문이다.

마이크로웨이브 통신기계시설이 있는 단말국에서는 거의 매일 밤 상대국과 정기시험을 했다. 최상의 통화품질을 유지시켜 놓기 위해서였다. 대도시중 서울이 회선이 가장 많아 새벽녘까지 이어진 때도 있었다. 내가 야간 근무하는 밤이면 시험 회선을 통해 직접 여자친구에게 전화를 걸 수 있었다. 장거리 전화료도 비쌌고 전화하기가 어려운 시절이었지만 자주 소식을 전하고 안부를 물을 수 있었다.

"여보세요! 죄송하지만 옥이 좀 바꿔 주세요!"

언니가 받지 않고 여자친구가 직접 받기 기대하며 전화를 걸 때마다 조마조마 했다. 언니의 낮고 간단한 목소리를 들으면 별로 기분 좋은 느낌 아님을 감지하면서도 나는 자주 전화를 걸었다.

"벨 소리 두 번 울리고 바로 끊긴 후 2분여 후 다시 울리면 받아!"

서로 약속하고 마음 졸이며 통화를 했다. 전화기 너머로 사랑을 속삭이던 때가 이제는 아득한 전설처럼 느껴지는 나이가 되었다.

고향에 있던 다방이 카페로 변했다. 어머니가 자랑스럽게 여겼던 공전식 전화기는 사라진지 오래되었다.

"니가 자주 전화 헌께로 얼매나 고마운지 모르겄시야!"

전화를 받은 어머니가 어린아이처럼 반가워하던 때가 그립다. 빠른 통신기술의 발달로 점점 정이 흐르던 소통의 진심이 사라지고 있다. 휴대폰으로 영상통화까지 이루어지는 세상이다. 언제 어디서 누구와도 원하는 시간에 소통이 가능하다. 하늘에 있는 어머니와도 연결되어 소통이 이루어지 않을까 상상 속에 빠진다. 전화기를 든다. 스텐바이 글자가 사라지고 시커먼 공전식 전화기를 손에 들고 혼잣말을 한다.

"아이쿠! 니가 또 전화 했구먼, 별일없지야! 전화비 많이 나옹께 빨리 끊자 잉."

통신회사 다니던 아들의 전화가 반가우면서도 어머니는 전화비 타령이다. 속으로는 전화를 끊고 싶지 않은 어머니 목소리가 아련하게 들려온다.

두 그루의 가죽나무

가죽나무 순이 많으니 와서 따가라는 연락을 받고 친구 집을 찾았다. 교외에 사는 친구네 집 울타리에 가죽나무 몇 그루가 서 있었다. 나무가 그리 크지 않아 낮은 사다리를 놓고 올라가 어린 새순을 땄다. 윤이 반지르르하게 나는 가죽나무 잎을 한 아름 안고 집으로 돌아왔다. 고향집에서 먹던 그 맛은 아니겠지만 어머니 손맛을 흉내내볼 참이었다.

가죽나무 새순으로 부각을 만들었다. 연한 가지를 잘라서 살짝 데치고 햇빛에 한나절 말려서 찹쌀 풀을 발랐다. 그늘에서 잘 펴서 말리다가 다시 찹쌀 풀을 덧칠하고 말려 기름에 튀겼다. 풀을 쑬 때 소금 간이나 고추장 양념을 넣었다. 가지 끝 부분은 순이 연하므로 통째로 만들었다. 잎이 길쭉하고 크므로 아래쪽은 잎 하나하나를 떼어내 찹쌀 풀을 발랐다. 손이 많이 가는 만큼 고급음식이었다. 아내를 도와서 같이 만들다보니 어머니와 할머니가 떠올랐다.

할머니와 어머니는 부각 만드는 날만큼은 즐겁게 장단을 잘 맞추었다. 가죽나무 부각을 한소쿠리 튀겨 놓으면 어른들은 모두 맛있다고 잘 먹었다. 특히 할머니가 무척 좋아했다. 찹쌀 풀을 입혀 고소했지만 나는 이상한 냄새가 나서 잘 먹지 않았다.

"어머님, 입맛에 맞으시죠!"

"간이 잘 되어 맛있구나!"

할머니는 정이 참 많았다. 마실 다녀오면 언제나 무엇인가 먹을 것을 가져다주었다. 택호가 대방인 목골 대방할머니 집에 들렀다 오실 때는 단감도 얻어 왔다. 대방할머니는 매년 대봉 감을 두 접 이상 대나무 바구니에 담아 보내주는 만큼 할머니와 각별했다. 할머니는 힘들게 만든 부각을 꼭 대방할머니에게 드리도록 했다. 동병상련이랄까. 대방할머니의 아들은 6·25때 북쪽으로 납치되었다. 대방할머니 손자인 승이 형은 그 일로 대학을 졸업하고도 원하는 직장에 들어가지 못했다. 할머니도 6·25때 당신의 큰 아들을 잃었다. 큰아버지와 대방

할머니 아들은 한마을에 사는 동갑내기 친구였다. 시골에서 똑똑하다는 말을 듣던 두 사람은 전쟁 때문에 젊은 나이에 삶이 꺾였다.

고향집 안마당에는 두 그루의 가죽나무가 서 있었다. 전쟁이 끝났는데 돌아오지 않는 아들을 기다리며 할머니와 대방 할머니는 자주 그 나무 아래서 먼 하늘을 바라보곤 했다. 가죽나무는 그 사연을 알기라도 하듯이 연한 이파리들을 햇빛에 반짝거리며 불그레한 새순을 풍성하게 매달고 있다.

할머니와 큰어머니도, 대방할머니와 승이 형 어머니도 모두가 숨죽이고 살았다. 전쟁을 겪은 탓이라 그랬을까. 세상을 초월한 듯 매사에 심드렁했지만, 봄이 되어 가죽나무에 새순이 돋아나면 두 할머니는 실성한 사람처럼 자주 혼잣말로 중얼거렸다.

'봄 인디, 가죽나무에 새순이 돋는 디…….'

가죽 나무는 할머니의 기도를 들은 것인지 밤사이에 키가 부쩍 자라있기도 했다. 그런 할머니를 달래드리는 아버지의 효심 또한 남달랐다. 가죽나무 부각을 만들어 드시도록 하는 것이 할머니를 위한 아버지의 마음이었다.

아내가 얼추 마른 가죽나무 순을 잘라 비닐봉지에 담는다.

한 번에 먹을 만큼 담아서 보관해 놓고 가끔 별미로 먹으면 좋겠다고 좋아한다. 예전에는 별로 즐기지 않은 음식이었는데 나이가 드니 입맛도 변하는가 보다. 맛을 보자고 아내가 작은 팬에 기름을 붓고 잘 마른 부각을 튀긴다. 몇 배로 부풀어진 부각이 '화르르' 꽃처럼 피어난다.

"할머니, 하늘나라에도 봄이지라우?"

두 그루의 가죽나무가 봄볕에 아련하게 서 있다.

두꺼운 북소리

"덩. 궁. 딱, 따드락. 딱. 구궁, 딱!"

직사각형 종이박스의 작은 면을 대점으로, 넓은 면을 궁편과 채편으로 삼아 두드리는 고향 친구 유당의 장단이 둔탁했지만 듣고 있는 동안 가슴 한편이 저려왔다. 장단을 맞춰 추임새를 넣는 친구들도 있었고 모처럼 만난 반가움에 들뜬 탓도 있었겠지만 밤이 이슥하도록 노래를 부르며 지난 옛이야기에 젖어들었다. 한동안 고수(敲手)가 된 유당이 미안한 표정으로 내게 넌지시 물었다.

"어이 종심, 자네가 고수가 되었어야 헌디, 어째서 아부지한테 북을 전수 받지 않았능가?"

"그렇지 않아도 후회가 되네. 젊었을 땐 여유가 없었지 뭐!"

나는 별 일 아닌 듯 대답했다. 목청이 좋은 죽봉은 '호남가'와 '사철가' 등을 불렀다. 연한 옥색 도포를 입고 갓을 쓰고 봉사하는 친구들의 사진을 보긴 했지만 직접 만나서 현장에서 들으니 울림이 더 깊었다. 친구들의 북 장단과 청아한 목소리는 호령하다 흐느끼고, 숨이 멎을 듯 끊어지다 다시 이어지던 아버지의 노랫소리를 떠올리게 했다.

아버지는 전문 고수도 아니었고 그렇다고 농사꾼도 아니었다. 3천여 평의 땅에 수확시기가 각각 다른 품종의 복숭아 묘목을 심은 것만 봐도 그랬다. 그런 사정으로 나는 초등학교 5학년 때부터 여름방학 내내 과수원집에서 아버지와 묶여서 지냈다. 마을에 있던 본집에서 500여 미터 떨어진 과수원까지 점심을 날라야 했고 방학 내내 그 곳에서 아버지와 함께 잠을 잤다. 어둠이 찾아들어 고요해지면 아버지는 북채를 두드리며 시름을 잊었다. 밤마다 과수원에 울려 퍼지는 아버지의 북소리를 들으며 복숭아도 익어갔고 나도 한 뼘씩 키가 자랐다. 세로가 가로보다 두 배나 더 긴 시조 책에는 가사에 따라 구불구불 높낮이가 낙서처럼 그려져 있었다. 어린 마음에도 저 높낮이와 길이를 어떻게 맞추어서 북을 치고 시조를 읊는지 궁금했다. 시조 책에 그려놓은 높고 낮은 굴곡보다 더 험한 인생길을 넘으려니 밤마다 북을 칠 수밖에 없었음을 어른이 되어서야 알아차렸다.

북은 판소리 장단에 쓰는 소리북이었다. 한쪽이 작은 구멍이 날 듯 말 듯 닳아 있어서 그쪽은 손바닥으로 박자를 맞추었고 북채를 맞는 쪽은 늘 반대쪽이었다. 그렇다고 반대쪽도 멀쩡한 것은 아니었다. 상대적으로 덜 닳아 있어서 그쪽을 때려야 더 좋은 소리가 났기 때문이다. 북채에 맞아 부르튼 소가죽이 매우 두꺼워서 신기하기도 했다.

북채는 두 개였다. 연한 갈색의 박달나무 북채는 아꼈고 노란빛을 띠는 탱자나무 북채로 주로 쳤다. 매끄러운 배흘림기둥 모양의 북채는 내 손아귀에 들어오고 감촉이 좋아서 무작정 북을 두들겨 보기도 했다. 나는 북을 배울 생각도 하지 못했고 아버지 역시 내게 북을 가르쳐 주려고 하지 않았다.

겨울철 과수원집은 소리꾼들의 모임 장소가 되었다. 나는 수시로 심부름을 다녔다. 자전거를 타고 멀리 세동의 종수씨, 가삼동의 치주 씨, 아랫목골 옥규씨는 단골 초청 대상이었다. 6km도 넘는 본량면의 나씨 집까지도 갔다. 종수씨와 옥규씨는 목소리가 참 좋았다. 내가 들어봐도 굵직하고 음량이 풍부했다. 가끔씩 전문 소리꾼들이 모이는 날에는 장터 입구 식당에서 아버지는 북을 치고 소리꾼들은 돌아가면서 판소리를 했다. 한복으로 곱게 차려 입은 여자 소리꾼이 담배에 불을 붙여 아버지에게 건네주면 동네 형들이 "니 아브지 기생하고 키스했다"고 놀리기도 했다. 그럴 때는 부끄러웠다. 이런 날에 아버지는 판소리는 하지는 않고 오직 고수로서의 역할만했다. 회갑잔치 때는 꽤 많은 국악인들을 초청해서 마을잔치를 벌였다. 주인공으로서 아버지가 부른 판소리는 굵고 풍성했으며 허스키한 목소리가 적절히 조합되어 있었다. 그동안 한 번도 들어보지 못한 유명한 소리꾼과 버금가는 힘찬 목소리였다.

큰 누님으로부터 아버지가 북에 미친 사연을 처음 들었다. 그저 취미로 즐겨 치는 줄로만 알았는데 그게 아니었다. 3남 1녀인 아버지는 큰아버지와 삼촌을 6·25전쟁 때 잃었다. 고모부는 상이군인이 되어 전쟁터에서 돌아왔다. 어눌한 말투와 두 개의 목발을 딛고 다니던 모습에 나는 한 번도 가까이 가질 않았다. 한꺼번에 밀어 닥친 불행 앞에 아버지가 할 수 있는 것이라곤 북을 두드리는 일 뿐이었다. 더구나 큰아버지가 억울하게 죽은 여름이 오면 아버지는 실성한 듯 북을 쳤다. 무더운 여름 내내 북을 친 이유였다. 밤마다 세상을 향해 토해 놓는 아버지의 울분에 복숭아도 유난히 붉게 익었다. 한여름 밤 아버지의 북소리가 나의 뇌리에서 평생 떠나지 않았다.

북치는 법을 전수 받았더라면 아버지의 슬픔을 가늠해 볼 수 있었을까? 북을 가르쳐 주지 않은 큰 뜻을 짐작하기 어렵지만, 아버지의 울분이 내게 전해지는 것을 원치 않았을지도 모른다 북채를 잡고 자신의 가슴팍을 수도 없이 두드렸을 아버지도 이제 내 곁에 안 계신다. 높고 낮으며 길고 짧은 것을 잘 다루어야만 하는 것이 인생이란 것을 에둘러 가르쳐 준 아버지도, 과수원집도, 세동의 종수씨, 가삼동의 치주씨, 아랫목골 옥규씨도 내 기억 속에만 존재한다.

종이박스의 장단에 취해 친구와 자리를 바꿔 앉아 북채를 쥐고 두드린다.

"덩. 궁. 딱 따드락. 딱. 구궁, 딱!"

아버지가 치던 낡은 북소리와 나의 서툰 북소리가 중첩되어 메아리처럼 두껍게 밤하늘에 울려 퍼진다. 복숭아가 익어가는 여름밤, 이제는 그때의 아버지보다 더 나이 들어가는 친구들이 모여 앉아 북을 두드린다. 노랫소리는 밤이 깊어 어둠이 옅어질 때까지 이어진다.

2022년 제8회 매일신문 시니어문학상 『두꺼운 북소리』 수필부문 최우수상

마지막 집

어김없이 올해도 장미꽃이 피고 있다. 아내는 오랫동안 생각 했다면서 부안에 한번 다녀오자고 한다. 우리 부부가 신접 살림을 차렸던 부안 선운리 집에는 지금도 마당 가득 장미꽃이 피어있을까. 해마다 유월이면 꽃향기만큼이나 선명한 슬픈 기억이 떠오른다.

신혼여행을 다녀온 후, 2박3일 동안 세 번의 이사를 했다. 사랑하는 사람과 둘이 같이 있다는 것만 좋아 아무 준비도 없이 결혼을 했다. 잘 살펴보지도 않고 덜컥 전세방을 계약한 일이 화근이었다.

결혼식을 마치고 본가에서 하룻밤을 지냈다. 첫날밤을 호텔이 아닌 고향집에서 보내는 일이 흔치는 않았지만, 신혼여행을 마치고 바로 서울 처갓집으로 가야했다. 서울에서 신혼살림을 챙겨 전북부안에 있는 전셋집에 도착했다.

첫 집은 꽤 크고 깨끗한 편이었다. 직장까지 걸어서 10분 거리라 별 고민 없이 계약 했다. 신혼살림이 도착하는 시간에 맞추어서 광주에서 어머니와 누님이 왔으며 전주 처형도 왔다. 어머니는 하룻밤을 주무시고 나더니 당장 이사하라고 했다. 부엌에는 연탄아궁이와 불을 때는 재래식 아궁이도 있었다. 신혼 방이라고 깨끗하게 도배는 했지만 벽과 벽지가 들떠있었다. 어머니는 혹여 연탄가스가 샐까봐 걱정이라며 집주인에게 말하고 집을 옮기게 했다. 부랴부랴 이삿짐을 실은 차가 갈림길에서 급하게 커브를 돌다가 책장이 넘어져서 유리가 모두 깨어지고 덩달아 냉장고가 장롱 옆면을 찍어 버렸다. 다행스레 자개로 장식된 앞문은 괜찮았다. 살림이 망가지고 구멍이 난 장롱을 본 아내는 속이 상해서 눈물을 글썽였다.

급하게 구한 두 번째 집은 문틀의 기둥하나를 뜯어내고 나서야 장롱을 들여 놓을 수 있었다. 저녁이 다 되어 어느 정도 짐을 정리했다. 마당에 있는 우물에 나간 아내가 사색이 되어 돌아왔다. 낮에 본 외양간의 황소가 감쪽같이 사라지고 우물바닥은 온통 핏물로 범벅이 되어있었다. 날선 칼을 든 남자들이 우물가를 점령하고 커다란 고깃덩어리들을 갈라 나누는 현장을 아내가 보고 벌벌 떨며 방으로 쫓아 들어왔다. 밖으로 나가 보니 소름이 끼쳐 선뜻 바라보기가 무서웠다. 한 번도 상상하지 않은 일을 눈앞에서 겪고 보니 겁이 났다. 나는 주인에게 내일 당장 이사 가겠다고 말했다. 주인도 미안했는지 순순히 우리의 뜻을 받아주었다. 뜬 눈으로 밤을 새웠다. 신혼의 단꿈은 이미 어디론가 달아나고 있었다.

돈을 보태서 구한 세 번째 집은 새로 개량된 주택단지가 형성된 곳이었다. 추가로 소요되는 자금을 빌려서 더 비싼 전셋집을 얻은 효과였다. 삼세번이라 했던가. 반듯한 집을 구한 우리는 지쳐서 한나절 내내 쓰러져 쉬었다. 세 번째 집 화단에는 유월이면 장미꽃이 무더기로 피어서 방문을 열어 놓으면 온통 꽃향기에 취할 정도였다. 서툴고 부족한 살림살이였지만 아내와 나는 세 번째 집에서 힘든지도 모르고 지냈다.

옆면에 구멍 난 자개장롱은 부모님 집에 들어가 살 때도, 서울 처갓집으로 들어갈 때도 끌고 다녔다. 책장유리가 깨어지고 장롱이 구멍 났는데도 변상을 해달라고 할 줄도 몰랐다. 오히려 어쩔 줄 몰라 하는 트럭아저씨를 걱정했다. 우리는 그만큼 순진했다. 가끔씩 부안에서의 신혼 시절 추억을 얘기할 때면 나는 쥐구멍에라도 들어가고 싶었다. 너무 모르고 살았다. 첫아이 가졌을 때 부안식당 백반정식이 그렇게도 먹고 싶었어도 빌린 전셋돈 갚아 내느라 말도 꺼내지 않았다니……. 그런 얘기를 들을 때면 아내에게 많이 미안했다.

요즘 같으면 아파트 한 채 구해서 번듯하니 고생시키지 않았을 텐데, 그래도 마음만은 세상에서 가장 부자였다. 다행히 안정된 직장이 있었고, 아내의 사랑과 헌신이 있었기에 가능했다. 부안에서의 생활을 이제는 옛이야기처럼 편하게 할 수 있는 것도 세월이 그만큼 흐른 탓이다.

피부가 하얗고 검은 머리카락이 찰랑거리던 젊은 아내는 어느새 주름살이 깊어지고 흰 머리카락이 더 많다. 아직도 세상 물정 잘 모르는 사람하고 같이 사느라 강산이 여러 번 바뀌어도 아내의 인내와 알뜰함이 빛을 발하고 있다. 고마울 따름이다. 그 덕택으로 더는 이사를 하지 않고 마당이 있는 집에서 사철 달라지는 화단을 가꾸며 살고 있다. 이사를 더 다니지 않도록 내 집을 가지면서 구멍 난 자개장롱은 버렸고 지금은 붙박이 장롱이 안방을 차지하고 있다.

아무도 운명을 선택할 수 없듯이 이제 우리 부부는 마지막 이사를 준비하고 있다. 떠돌듯이 조심조심 세상을 건너왔지만,

세월이 앞서거니 뒤서거니 등을 떠밀면 또 한 번의 이사를 해야 한다. 우리가 갈 마지막 집은 아무것도 가져갈 수가 없다. 구멍 난 자개장롱도, 붙박이 장롱도 없이 빈손으로 입주해야 할 그 집에 특별한 옵션이 있다면 따스한 햇살이다. 양지 바른 남향에 바람조차 잦아드는 그곳에 유월이 되면 장미향이 화르르 쏟아지기를 기대해 본다.

외나무다리

작은 신음소리에 잠에서 깼다. 매형이 앉아서 스스로 어깨를 주무르고 있었다. 숨소리마저 죽이고 신음소리를 내지 않으려고 애쓰는 게 분명했다. 어디를 만져야 할지 잠시 멈칫했다. 망설이다 내가 일어나 어깨 가까운 팔을 주물렀다. 손등부터 팔꿈치까지 울퉁불퉁 솟아난 혈관에 굳어진 주사바늘 자국이 많아서 그 위쪽을 택했다. 알통이 있어야할 팔이 마른 장작처럼 손아귀에서 거칠게 걸렸다. 숨이 탁 막혔다. 매형도 흠칫 놀라더니 이내 숨을 조금 크게 쉬었다. 어둠속이지만 큰 눈에서 물기가 반짝였다.

어릴 때 뒷마당에서 전통 혼례식이 있었다. 신랑은 훤칠한 키에 큰 눈을 가지고 얼굴엔 선한 웃음을 띠고 있어서 처음 보는 사람도 반할정도였다. 외모가 당시 인기 있던 영화배우를 닮았었다. 스물 두 살의 청년은 동갑내기 내 누님과 결혼을 했다.

나는 부모님이 이해가 되지 않았다. 어찌하여 무직이며 군복무도 마치지 않은 시골청년을 사위로 받아 들였는지, 누님은 또 왜 그런 남자를 남편으로 맞을 생각을 했는지, 인정이 많고 순해서 내가 따르던 누님이 시집간다는 일이 매우 서운했다.

우리 집 본채에서 자전거포를 하며 살림은 사랑채에서 하는 채윤이 엄마가 자기 시동생을 중매했다. 우리 집 사정이야 채윤이 엄마가 너무 잘 알기에 두말할 필요가 없다. 몇 년을 겪어 오면서 채윤이 엄마는 누님을, 내 엄마는 채윤이 아빠와 엄마를 좋게 보아온 터였다. 사위 물망에 오른 청년이 삼형제 중 막내이며 시골의 토지도 유산으로 받아놓은 처지라서 먹고 살기는 무난하다고 생각한 모양이다.

우리 집에서는 처음 얻은 사위이므로 모두가 대 환영이었다. 매형과 누님이 오는 날이면 잔치가 벌어졌다. 또래의 사촌과 육촌형들이 모두 집에 모여 밤을 새워 노래도 부르며 함께 놀았다. 특히 명절 때에는 많은 친척들이 와서 밤늦도록 함께 했다. 그때 매형이 불렀던 노래가 '외나무다리'였다. 나는 가사를 들으면서 신랑이 왜 저런 노래를 부르는지 못마땅했다. '그리운 그 사람은 지금은 어디……'라는 가사가 귀에 거슬렸었다. 모일 때마다 부르는걸 보고 애창곡이라는 사실을 알았다. 사촌이나 육촌 형들보다 나이가 어렸지만 유순하면서도 활발한 성격이라서 잘 어울렸고 아는 것이 많았다.

중학생 때 방학이면 나는 누님 집에 가곤 했다. 매형이 군에 입대해서 뭔가 휑한 집에서 어린 조카를 키우는 누님을 보면서 어찌하여 시골로 들어와 이런 고생을 하는지 못 마땅했다.

"누님! 물동이 몇 개나 깨뜨려 먹었어?"

우리 집 안마당에는 우물이 있어서 물 한번 길어 보지 않은 누님이 공동우물에서 물을 길어 오는 모습을 보니 울컥했다. 군 복무를 마친 후 매형은 국가 공무원이 되었다. 언제나 정장차림으로 반듯한 모습을 보여 주었듯이 착실한 매형은 삼남매를 잘 키웠다. 그러나 자신의 몸은 돌보지 못했다. 이상을 느끼면서도 동네 병원에서 약 처방을 받고 지냈다. 나중에 신장에 이상이 있음을 진단 받고 정년을 2년 앞두고 명퇴했다. 결국 신장투석을 해야 했다. 말로만 들었던 신장투석을 가깝게 보면서 이루 말 할 수 없는 불편함과 고충을 나도 알게 되었다. 몇 시간씩 혈액을 교체하고 나면 지칠 대로 지쳐있었다. 병원에서는 몇 년을 버티기가 힘들 것이라고 했지만 이십년을 버티었다. 모두가 놀랐다. 누님의 정성과 조카들의 효심을 누가 인정 하지 않을까마는 매형의 의지가 강한 것이 분명했다. 그 어렵고 힘든 상황에서도 항상 책을 손에서 놓지 않았다. 일주일에 한번 하던 투석을 두 번씩 해야 했다. 기력을 회복하려면 잘 먹어야하지만 음식을 가려야 했다. 그런 상황임에도 틈나는 대로 사직동 향교를 드나들면서 철학 강의도 듣고 내공 쌓는 일에 열중했다. 책을 출판하려고 자료도 많이 정리하고 있었다. 병을 얻어 육체적인 삶의 질이 매우 나쁜 상태임에도 정신적 삶의 질은 남보다 높게 지니고 있었다. 예의가 바르고 원칙론자인 매형은 그동안 부모님 추도식에는 꼭 참여했다. 우리들도 가장 손위인 매형과 누님을 예우했다. 만날 때마다 형제들과 밤새 많은 대화를 주고받았다. 그럴 때마다 매형의 의견은 논리 정연했다. 한번은 '내 부친이 나라에 큰 죄를 지었다면 어떻게 할 것인가'에 대한 논쟁이 있었다.

"부친의 죄를 숨겨주는 것이 효도다"

"부친이지만 죄를 실토하고 죄 값을 받게 하는 것이 효도다"

매제와 내 의견이 분분할 때 매형이 항상 중심을 잡아 주었다. 차분하게 설명하는 매형의 말은 언제나 설득력이 있었다.

한 때 신장 이식을 검토하고 가족회의를 했으나 매형이 사양했다. 이런 계기로 작은 누님은 전혀 모르는 사람에게 신장 하나를 이식해 줘서 지방 신문에 나왔다.

최근 몇 년 사이에 매형은 눈에 띠게 쇠약해 보였다. 안타까운 것은 그동안 투석을 너무 많이 받아서 양팔의 혈관이 울퉁불퉁 굳어 있고 검푸르고 붉게 보여 내가 눈길을 두기가 민망할 정도였다. 이년 전 추도식에 모였을 때였다.

"주사 맞은 자리가 굳어져서 주변에 통증이 심해 잠자기가 힘이 들어!"

좀처럼 옆 사람들에게 부담주지 않으려고 꺼내지 않던 말까지 했다. 이미 지팡이를 짚고 다닌 지 몇 년째 되었다. 인생의 외나무다리 끝에 와 있음을 실감한 듯했다.

그 때 이번 추도식이 매형과 함께 지내는 마지막 해일수도 있겠다는 생각이 들었다. 대화가 저절로 이어졌다.

"처남 나를 위해 '외나무다리'노래를 신청해서 들려 준 일 지금도 잊지 않고 있네!"

오래전 가족모임을 했을 때의 이야기를 꺼냈다. 내가 '신랑인 매형이 어울리지 않게 불렀던 노래가 외나무다리였다'는 사연을 라디오방송국에 보내며 집에 오시는 날 매형과 함께 듣고 싶다고 신청 했다. 요청한 시간에 맞춰서 '외나무다리'노래가 흘러 나왔다. 매형은 그런 시절이 그립다고 했다. 눈물을 보였다.

"처남, 이제 바늘 꽂을 자리 찾기도 힘들어! 참 오래 버텼다고……."

떨리는 매형의 목소리를 들으며 움푹 들어간 큰 눈을 차마 똑바로 바라볼 수가 없었다. 손등부터 팔뚝에 이르기까지 밤톨처럼 울퉁불퉁 불거진 주사기 자국들을 가만히 쓰다듬었다. 내 심장에 돌기가 솟아난 듯 찌릿했다.

나는 매형이 홀로 묵묵히 걸어온 길을 너무나 잘 알고 있다. 유교적인 성향을 띠며 꼿꼿한 선비의 기질을 가지고 참 열심히 살았음을 인정 할 수 밖에 없다. 어쩌면 흔히 말하는 타의 모범이 되게 사느라고 너무나 힘이 들었을 매형을 이해한다. 국가공무원으로 출발한 나 또한 매형의 영향을 많이 받았음을 부인할 수 없다. 매형이나, 나 또한 삶의 외나무다리를 올라 탈 수 밖에 없어서 만난 인연이 아니겠는가.

날이 밝을 때까지 매형의 몸을 주물러드렸다. 성격상 금방 사양하실 줄 알았는데 연신 고맙다고 했다. 홀로 가는 것이 인간의 운명이라지만 잠시 매형의 외나무다리를 동행하고 싶었다. 나란히 걸어가지 못해도 앞서거니 뒤서거니 매형을 따라 걷고 싶은 내 마음을 매형을 알까. 나는 뒤에서 가만히 매형의 어깨를 끌어안았다.

어머니의 유산

서재 책꽂이에 검은색 표지를 한 책이 꽂혀 있다. 손때가 묻어 낡아 보이지만 희끗희끗 벗겨진 모서리마저 갈색으로 변해 있고 책장을 넘기는 부분은 누렇게 배불뚝이다. 어머니가 읽던 성경이다. 책을 빼서 고린도전서 13장을 펼친다. '사랑은 오래참고 사랑은 온유하며 투기하는 자가 되지 아니하며 사랑은 자랑하지 아니하며 교만하지 아니하며, 모든 것을 참으며 모든 것을 믿으며 모든 것을 바라며 모든 것을 견디느니라.' 어머니가 옆에 계신 듯하다.

어머니의 유품인 성경책을 가져왔다. 빨간색과 주황색 형광펜으로 수많은 밑줄이 그어져 있었다. '죄로 인하여 하나님과 분리되어 있는 인간은 오직 그리스도의 대속의 죽음과 부활을 믿음으로 구원을 얻을 수 있습니다.' 간행사부터 형광펜으로 칠하고 박스 표시를 해두었다. 정독한 흔적을 보고 놀랐다. 앞 장에는 '권사 임명을 진심으로 축하 합니다' 당회장 목사의 서명이 있었다. 책갈피에는 아직 교회에 내지 못한 분홍색 주일 헌금봉투 두 개가 들어 있었다. 어머니께서 성경책을 들고 "교회 가자!" 하실 것만 같다.

돋보기를 쓰고 메모까지 해가며 늘 성경을 읽고 있던 어머니의 모습이 뇌리에 박혀있다. 명절이나 집안 행사로 가족들이 모이는 날에도 새벽기도를 하며 다른 식구들이 잠에서 깰까봐 조용히 찬송을 불렀다. 음정박자는 맞지 않아도 가사를 4절까지 외우는 곡이 많았다. '나의 생명 되신 주' 380장 찬송가를 자주 불렀고 시편 23장 '나의 힘이 되신 여호와여 내가 주를 사랑 하나이다 …….'를 읊조리는 소리를 내가 외울 만큼 많이 반복해서 들었다. 가끔씩 방언기도도 하며 젊은 나보다 훨씬 열정이 많았다.

아버지가 돌아가신 후 수년 동안 혼자 살면서 자식들이 집에 드나드는 낙으로 살았다. '가지 많은 나무에 바람 잘 날이 없다'는 속담처럼 노후에 어머니의 집까지 없어졌다. 집이 없어진 후 전세로 사는 2년 동안은 작은 아파트에 교인들이 오는 것을 꺼려했다. 어머니가 큰 집에서 살 때는 교인들이 심방 오는 것을 환영했고 함께 다니는 등 매우 적극적 이었다. 내가 광주에 내려가면 어머니가 다니는 교회에서 함께 예배를 드리는 경우가 많았다. 그럴 때마다 구내식당에서 식사를 하자고 했다. 줄을 서있는 앞뒤 분들에게 서울서 온 아들이라 나를 소개하고 식권까지 내주시며 즐거워했다. 연세가 많았는데도 교회 신문을 가져와 소리 내어 모두 읽었다. 교회소식이나 정보를 누구보다도 정확히 알고 있었다.

어머니는 병원에 입원한지 두 달여 만에 아흔의 나이로 생을 마감했다. 그렇게 빨리 돌아가실 줄은 미처 몰랐다. 나는 일이 바빠 자주 뵙지를 못했다. 어느 날 아내 혼자 병원에 가서 어머니와 하루 밤을 함께 지내며 많은 대화를 나누고 서울로 돌아왔다. 그날 오후에 세상을 떠나셨다. 생의 마지막을 예감하고 나를 기다리셨을 어머니를 생각하니 송곳으로 찌르는 듯 가슴이 아팠다. 삶과 죽음이 경계가 이리도 짧게 지나가 버릴 줄 몰랐다. 어머니는 주님을 모시고 사는 동안 기쁨이 넘쳤고, 주님의 법도에 따라서 살면서 행복을 찾으신 분이었다. 막상 이 세상에 안 계시니 2월의 냉기가 쉽게 가시지 않았다. 퇴

원하면 4월에 봄꽃구경 한번 가자고 했는데, 지난날 과수원집 안주인의 추억을 불러오기 위해서라도 화순 동복 딸네 농장에 모여 분홍 복숭아꽃, 하얀 자두 꽃을 보자고 했는데……. 무엇이 그리 급해 서둘러 떠나셨을까.

장례는 유언대로 기독교식으로 했다. 입관할 때 가족대표로 내가 기도했다. 염할 때 보니 입을 다물지 않으셨다. 내게 꼭 하고 싶은 말이 있는 듯 했다. 걱정하지 말라는 듯 편안해 보였다. 천국 가시는 모습을 그리며 기도했지만 한 번이라도 더 찾아뵙지 못하고 임종도 지키지 못해서 후회가 밀려왔다. 발인 예배를 교회 당회장 목사님이 주도 했다. 아내와 마지막 밤을 보내던 날 지니고 있던 돈을 아내에게 맡기며 모두 헌금하라고 했다. 어머니 뜻대로 좋은 일을 해서 그나마 슬픔 중에 조금은 위로가 되었다. 화장장에서 담당자가 "유골을 어떻게 분쇄할까요?" 물었을 때 "너무 많이 분쇄하지 말아 주세요!" 뼛조각의 크기가 어느 정도인지 가늠하지도 못하면서 나도 모르게 대답했다. 유골함을 받아 들고 마지막으로 뼛가루라도 만져보고 싶었다. 뚜껑을 조금 열어 보았다. 뼈는 대패 밥처럼 얇았지만 생각보다 뜨거웠다. 순간 내 가슴도 울컥하고 뜨거워져서 주체할 수 없는 눈물이 쏟아졌다. 구순의 어머니는 이순의 아들에게 마지막까지 당신의 뜨거운 체온으로 사랑하는 마음을 쏟아 내고 있었다.

덕림동 선산 잔디밭 일부가 공동 주차장으로 변했다. 날씨도 춥지 않고 쾌청했다. 평소 어머니 심성처럼 장례에도 불편함이 없도록 마련해 놓은 듯했다. 납골묘의 아버지 유골함 옆에 어머니 유골함을 안치했다. 사람에게 가장 후회되고 돌이킬 수 없는 일이 '부모님께 효도하지 못한 일이구나' 새삼 느꼈다. 나중에 '나와 아내의 유골함도 그 아랫단에 안치 되겠구나' 생각하니 가슴에 휑하니 바람구멍이 생겼다. 인간에게 삶과 죽음의 문제가 어찌 가볍게 넘어갈 일이겠는가 마는 '주께서 저희를 홍수처럼 쓸어가시나이다. 저희는 잠깐 자는 것 같으며 아침에 돋는 풀 같으니이다.' 시편 90장 5절 말씀을 생각하며 마음을 가다듬었다.

책장에 꽂혀 있는 성경책을 보면 마음이 차분해진다. 책을 펼쳐 형광펜으로 밑줄 친 부분들을 읽어보며 내게 귀한 성경책을 남겨주신 어머니께 감사드린다. 매년 기일에는 가족모임 겸 추도예배를 드리는데 나는 꼭 어머니의 성경을 들고 예배를 인도한다. 매번 예배 순서지에 찬송 199장 '나의 사랑하는 책'과 성경말씀 시편 23장을 꼭 넣는다.

"우리 어머니가 들려주시던……, 이 성경 심히 사랑 합니다" 찬송가를 부르고 "여호와는 나의 목자시니 내게 부족함이 없으리로다…그가 나를 푸른 초장에 누이시며 쉴만한 물가로 인도하시는도다." 또박또박 소리 내어 읽는다.

무딘 칼 한자루

상추 김칫국

뒷마당 상자 텃밭에 청치마, 적치마, 오크립 상추를 심었다. 언제나 그렇듯이 수확량이 꽤 많다. 상추쌈을 몇 끼 먹고도 남는다. 쌈으로만 먹던 상추로 아내가 김칫국을 만든다. 사십여 년 만에 먹어본 상추김칫국이다. 어머니의 손맛과도 같다. 돌확에 빨간 고추를 넣고 갈아서 작은 고춧가루 조각들이 눈에 띠던 그때와 같아 보인다. 그렇지 않아도 부드러운 상추가 숨이 죽어 더 부드럽다. 줄기는 설컹설컹 씹혀서 식감도 좋다. 뒷맛도 매콤하게 여운이 남아 싸하다.

상추는 뒷맛이 쌉싸름해서 여름 더위에 입맛을 잃었을 때 먹으면 좋은 채소다. 예전에 시골에선 누구랄 것도 없이 보리밥에 된장 상추쌈을 먹었다. 거칠고 입안에서 겉도는 보리밥을 무난히 목구멍에 넘길 수 있었기 때문이었다. 상추는 텃밭에 몇 포기만 심어도 잘 자라서 여름 내내 밥상에 올랐다.

요즘에는 고기를 곁들인 음식으로 상추쌈이 흔하지만, 내가 어릴 때 만해도 보리밥에 반찬은 된장과 상추뿐이었다. 별도로 차린 할머니와 아버지의 밥상을 곁눈질로 쳐다보면서 나는 식구들과 동그란 상에서 밥을 먹곤 했다. 어머니는 커다란 가마솥에 초벌로 삶아 놓은 보리쌀을 깔고 가운데에 쌀을 올려놓았다. 밥이 익으면 쌀밥은 할머니와 아버지 밥그릇에 담고 쌀알 몇 톨 남은 것으로 보리밥에 휘휘 섞어 우리들 그릇에 담았다. 기껏해야 밥 한 그릇 안에서 쌀알을 세어도 될 만큼 그릇에는 보리쌀 천지였다. 보리밥을 대바구니에 담아 마루 기둥에 걸어 식혀 두었다가 점심으로 먹었다. 보리쌀뿐이어서 부슬부슬 흩어지는 밥을 된장 상추쌈으로 질리도록 먹었다. 없는 반찬에 매 끼니마다 같은 반찬을 할 수 없었는지 어머니는 메뉴 개발을 하셨다. 상추로 김칫국을 만들었다. 상추김칫국에 보리밥을 말아 후루룩 넘겼다. 보리밥의 구수함과 상추의 상큼한 맛이 어우러져 입 안이 시원해지면서 새로웠다.

상추김칫국이라…. 발상이 참신하지 않은가. 국물에 고춧가

루가 동동 떠다니면 자칫 시원찮게 보일수도 있을 텐데 상추
김칫국에는 오히려 정감이 있다. 냉동 보관해둔 생 고추를 갈
아 넣었다는 한마디가 더 맛을 돋우게 한다. 생고추만 갈아 넣
은 게 아니라 양파도 갈아 넣고, 마늘, 생강도 넣어 입맛을 맞
춘 것이라고 한다. 맛이란 묘하다. 온갖 양념과 아내의 손맛이
어우러지고 거기에 추억까지 녹아 있으니 그 맛은 두 말하면
잔소리다. 아내는 이제 상추가 많아도 걱정 없겠다며 좋아한
다. 곁들여서 데친 상추를 된장에 무쳐서 내어 놓는다. 밥상이
온통 상추밭이다. 된장 무침 또한 오랜만에 먹어보는 맛이다.
오히려 쓴맛이 약해져서 더 부드럽다. 왠지 건강해진다는 생
각이 든다.

어릴 때는 입에 맞는 음식을 실컷 먹어보고 싶었다. 먹거리
가 귀했고 무엇보다 형제들이 여럿이다보니 눈치가 빨라야 얻
어먹을 수 있었다. 나만 그런 것이 아니라 그땐 모두가 그랬다.
음식이 귀했던 시절이라 밥알 하나도 소중하게 생각했다.

어머니의 고충을 그나마 알게 된 일도 철이 들 무렵이었다.
가족들 식사를 끼니마다 챙기면서 배불리 먹을 수 있도록 배
려한 음식이 상추김칫국이었다. 별다른 양념 없어도 시원한
국물 맛은 더위를 잊게 해주었다.

나이가 들어서 입맛이 예전과 다른 것인가. 아니면 먹거리가 넘쳐나서 그런가. 이런저런 투정을 부리며 입맛 타령을 할 때 아내가 내어 놓은 특식이 상추로 만든 냉국이다. 몇 십 년이라는 세월을 단번에 소환해주는 그 맛. 어머니의 행주치마를 떠올리게 하고, 뒤꼍 채마 밭에 심어져 있던 상추를 생각나게 한다. 너펄너펄한 잎을 소쿠리에 가득 담아 우물가에 앉아 씻던 어머니도 이젠 기억 속에만 존재한다.

상추김칫국이 맛있다고 했더니 아내는 한 그릇을 더 건네준다. 나는 김칫국을 사발 째 들고 훌훌 마신다. 알싸한 마늘맛과 매콤한 고추맛이 부드러운 상추와 함께 입 안으로 들어온다. 상추 김칫국을 먹다 말고 뙤약볕이 내리쬐는 뒷마당을 내다본다. 상추가 그득하니 자라고 있다.

평생 좋아하는 음식 하나 없이 살았던 어머니가 상추밭에서 계시는 듯하다.

"어머니, 어떤 음식 좋아해요?"

나는 한 번도 어머니께 묻지 않았다. 어머니는 원래 그런 사람인 줄 알았다. 드시고 싶은 음식이 없는 줄 알았다. 어머니는 항상 '아무거나' 먹자고 했다. 나는 그 말을 곧이곧대로 들었으니 바보였다.

상추김칫국 한 그릇에 한여름 쏟아지는 소나기처럼 마음이 시원해지는 것은 그것은 바로 어머니의 음식이기 때문이다. 나는 빈 그릇을 들고 아내를 바라본다. 빙그레 웃는 아내의 얼굴에 어머니 모습이 겹쳐진다.

모시송편

"할아부지! 나 모시송편 만들라고 왔어요."

예은이가 신발을 벗어던지며 거실로 뛰어 들어온다. 어릴 때부터 모시송편 만들기를 좋아했던 손녀는 지금도 모시떡 만드는 날은 신이 나서 좋아한다. 손을 씻자마자 식탁 위에 반죽을 덥석 떼어내 떡을 만든다. 눈사람, 연필 기둥, 별 모양을 만들어 소쿠리에 가지런히 담는다. 온갖 모양을 한 모시송편이 찜 솥으로 들어가려고 줄지어 있다.

내가 살던 고향에는 모시재배 농가가 많았다. 모시는 섬유용이지만 모시 잎은 송편재료로 많이 이용했다. 추석이면 어머니가 예쁘게 빚어서 쪄낸 모시송편은 진한 초록빛을 띠었고 향이 은은했다. 나는 어머니가 손으로 빚은 모시송편의 쫀득한 맛은 잊을 수가 없다. 그 맛이 그리워서 도시농업을 하면서 특별히 모시에 관심을 가지게 되었다.

모시는 잎이 들깻잎 비슷하며 사람 키만큼 자란다. 모시밭은 유난히 초록색이 짙어 푸른 카펫을 펼쳐 놓은 듯하다. 바람이 좀 부는 날이면 초록 잎 뒤쪽 하얀면까지 보이며 나풀거려 은빛 바다를 연출한다. 모시는 다년생으로 한번 심으면 십년 이상, 일 년에 세 번 수확한다. 최근에는 본래 섬유용으로 쓰는 줄기는 버리고 잎을 따서 모시 떡과 모시차를 만든다. 모시 떡은 쑥이나 다른 재료보다 부패가 잘 안되며 저장성이 좋다. 칼슘이 유난히 많은 건강식품이며 식이섬유가 많아 다이어트에도 도움이 된다. 영광의 모시 농가를 방문했을 때 아주머니는

"모시떡은 많이 묵어도 식목이 안 올라 옹께로 속이 편하지라우!"

그만큼 모시가 좋다고 말한다. 그녀는 잎을 따낸 모시 대에서 껍질을 능숙하게 벗겼다. 벗긴 긴 껍질을 작은 칼로 겉껍질을 다시 일일이 훑어 내니 전체가 연한 녹색 속 줄기가 남았다. 그 줄기를 물에 담가 말리기를 수십 번 하면 탈색되어 하얀 태모시가 된다. 태모시를 가늘게 쪼개고 이어서 실을 만든다. 그 실로 베틀을 이용해서 모시베를 짠다. 모시베가 나오기 까지 사천 번의 손길이 간다니 놀랍다. 천연 재료인 모시옷이 당

연히 고급일 수밖에 없다. 벼농사보다 세배의 소득은 얻을 수 있으나 노동력이 그만큼 많이 들어가서 힘이 든다고 한다. 중국에서 수입되는 모시베 때문에 가격경쟁에서 밀려 베를 짜는 농가는 없어졌다고 한다. 대신 모시차나 모시송편으로 전환하여 소득을 올린다.

내 꿈은 큰 농장을 갖는 것이었다. 우리 과수원을 옆 골짜기 건너 산까지 넓히고 그사이에 저수지도 만들어 말을 타고 관리하고 싶었다.

인생의 방향은 어린 시절 꿈과는 전혀 다른 곳으로 흘렀다. 30년 넘게 정보통신회사에서 정신없이 일했다. 퇴직을 하고 나니 너무 한곳에만 매어 사느라 잊고 있던 꿈이 생각났다. 뒤늦게 농학공부를 했다. 여러 농업교육과정을 수료하는 사이 도시에서도 농업을 할 수 있음을 알았다. 지난날의 꿈보다는 작아졌지만 도시농업전문가가 되었다. 꿈의 방향이 바뀌었다.

나는 서울 염곡동 텃밭 삼십여 평에 직접 모시를 재배했다. 따뜻한 남부지방에서 잘 자라지만 추운 서울에서도 겨울에 낙엽으로 멀칭한 후 노지재배에 성공했다. 매년 유월, 팔월, 시월 세 차례 수확하고 그때마다 잎을 딴 후 삶아서 냉동 보관해 두었다. 학교 수업이 있는 날 방앗간에 가서 모시잎과 쌀가루를 섞어 빻아 반죽해서 수업장소로 가져갔다. 모시잎차 또한 내가 채취하여 직접 만들어 간다. 잎을 물에 씻어 말리고 솥에 일곱 번 덖는다. 잎을 너무 말려서 덖으면 부스러진다. 덜 마른 상태에서 덖으면 모시잎차 색이 까맣게 된다. 모시잎차를 뜨거운 물에 우리면 색이 연한 녹색과 갈색을 띠어 보기가 좋다. 향은 은은한 풀내음이다.

모시송편은 익기 전에는 연한 초록색을 띤다. 찜통에 20분 정도 찌고 나면 색이 선명한 진한 초록색이 된다. 윤기가 흐르고 먹음직스럽다. 여기에 참기름을 살짝 발라서 먹으면 그 맛이 부드럽고 쫀득하다. 설탕과 참깨를 버무린 소를 넣은 송편은 달콤하다. 소를 넣지 않고 납작하게 만들어 건강식으로 먹는다. 도시농업을 하면서 사라져가는 모시에 대해 알려주고 아이들의 꿈도 들어본다. 농업에 종사하겠다는 학생들은 극소수지만 내가 모시 전문가가 된 것처럼 아이들 중 누군가 농업을 향한 꿈의 씨앗이 되기를 바란다.

아침밥 대신 모시 떡 접시가 식탁에 올라 왔다. 외손녀가 만든 별 모양이 반짝이고 아내가 만든 둥그런 절편이 웃는다. 내가 만든 반달 모양의 송편은 깨로 만든 소가 가득 들어 있어 볼록하다.

꽃게 사랑

　푸른 바다를 앞에 둔 대부도 꽃게탕 집에 도착하니 친구 몇이 먼저와 기다리고 있다. 바로 창문 아래가 백사장이요 그 모래자락 끝에 작은 파도가 찰랑거린다. 눈앞에 펼쳐지는 바다를 마주하고 꽃게를 먹게 되다니, 그 맛이 꿀맛 같다.

　"아따, 겁나게 맛있따야 잉!"

　친구는 지금까지 먹어본 꽃게탕 중 가장 맛이 있다며 입맛을 돋운다. 지금도 흔하지는 않지만 꽃게를 먹을 때면 내 기억은 아주 멀리 시간여행을 떠난다.

　고향마을 중앙에 시냇물이 흘렀다. 다리를 지나 장터 입구 첫 집이 화천이네 음식점이었다. 그곳 유리 진열대 속에는 찐 꽃게가 있었다. 밖에서 보면 정말 먹음직스러웠다. 등껍질이 빨갛고 긴 집게 다리를 단 커다란 게는 하얀 배를 보이고 누워 있었다. 그 뱃바닥에 품고 있는 꽃게 알은 노랗게 익어 배딱지 밖까지 들썩이며 삐죽이 내밀고 있었다. 나는 학교를 오가며 그 앞을 지날 때마다 군침을 꼴깍 삼키곤 했다. 엄마에게 아무리 졸라도 한 번도 사준 일이 없었다. 어쩌다 장날에 힘 빠진 꽃게를 사다 탕을 끓여 주긴 했지만 나는 화천이네 가게의 찐 꽃게 한 마리를 통째로 먹어보는 것이 소원이었다. 그 시절은 꿈에도 생각할 수 없는 부질없는 욕심이지만 왜 그렇게도 먹고 싶었는지……. 화천이도 똑같았다. 먹고 싶어 죽겠는데 한 번도 먹지 못했다고 했다. 논밭이 없는 화천이네는 꽃게를 먹고 싶어도 먹을 수가 없었다. 밥도 굶게 생긴 마당에 감히 꽃게 타령이냐고 나를 어이없어 했다. 화천이는 눈이 매우 컸다. 눈이 큰 만큼 겁도 많았다. 우리가 몰래 계란밥을 구워 먹을 때도 늘 눈을 휘둥그레 뜨며 놀라곤 했었다.

몹시 가난했던 시절이었지만 우리 집에는 할머니가 계셔서 가끔 계란찜을 했었다. 동네 뒤 개천가에서 화천이와 만나서 엄마 몰래 훔쳐 온 쌀을 계란껍질 속에 넣고 물을 부어 불을 지펴 익혔다. 아래는 밥이 탔고 윗부분은 설익었지만 그 맛은 매우 고소했다. 화천이는 매우 좋아했다. 그때 나는 화천이가 꽃게 집게다리 하나라도 가져다주기를 은근히 바랐는데 한 번도 가져온 일이 없었다.

먹을거리도 귀했던 가난했던 당시는 꽃게를 사 먹을 수 있는 집이 얼마나 있었겠는가. 자식에게 꽃게 먹이고 싶지 않은 어머니가 세상에 어디 있을까. 지금 생각하니 어머니께 죄송하다. 나는 그 때를 생각하며 아내에게 꽃게음식을 해주라고 한다. 나만 좋아하는 줄 알았던 꽃게를 대물림인지 아들도 좋아 한다. 이제 아내는 나보다는 아들을 위해 꽃게탕을 준비한다. 질투를 느낄 정도다. 나는 알이 든 살아있는 봄 꽃게를 쪄 먹기를 좋아 한다. 어린 시절 해결되지 않았던 꽃게에 대한 집착이 이처럼 길게 남아 있단 말인가. 화천이네 집 진열장에서 보았던 삐져나온 꽃게의 노란 알을 파먹는 심정으로 한을 풀듯 먹는다.

살면서 버려야 할 것이 수없이 많지만 그중 하나가 집착인 것 같다. 내 집착은 지난날의 결핍에서 온 듯하다. 자식과 손자 손녀의 소원을 다 들어 주고 싶은 심정 또한 내 어린 시절 보상 받지 못했던 아쉬움에 대한 집착의 잔재가 아닐까 한다. 먹을 거리뿐만 아니라 모든 것이 부족했던 시절을 겪으며 지내온 날들을 돌이켜 보면 가슴이 먹먹하다. 조금 더 빨리 내 형편이 펴졌더라면 어머니에게 알이 밴 꽃게를 사드리고 나도 원 없이 먹었을 텐데…. 그 한을 풀 기회마저 지금은 없다. 대부도에서 꽃게 몇 마리 거뜬하게 먹고 나오면서

"꽃게 철 다 가 불기 전에 한 번 더 와야 쓰것다야 잉!"

나의 못 말리는 꽃게 사랑에 항복한다며 친구들이 한바탕 웃는다. 지금은 언제든 꽃게를 먹고 싶을 때 먹을 수 있어 행복하다.

속 빨간 복숭아

봄이면 분홍 꽃이 피어있던 복숭아밭, 여름이면 단맛이 흐르는 복숭아가 주렁주렁 달려있는 과수원이 가끔 꿈에 나타난다. 하트 모양의 끝이 뾰족한 복숭아는 예쁘기도 하지만 새콤달콤한 맛이 일품이다. 지금도 나는 복숭아를 매우 좋아한다. 어릴 때 먹었던 속까지 빨간 복숭아가 먹고 싶을 때가 있다. 요즘은 그 맛과 모양을 한 복숭아를 어디에서도 찾을 수 없다. 속까지 빨간 복숭아가 시장에 나와 있는지 찾느라 늘 두리번거린다.

속 모르는 친구들은 과수원집 아들이라고 나를 부러워하기도 했다. 맛있는 복숭아를 먹을 수 있어서 좋았지만 그만큼 일이 많아서 가끔씩 꾀를 부리고 싶을 때도 있었다. 햇빛을 잘 받는 나무 꼭대기에 먼저 익는 복숭아 따먹는 맛은 과수원집 아들만의 특권이었다.

유월 말부터 복숭아 수확이 시작되면 나는 부지런히 과수원을 오갔다. 아버지는 묘목을 구입할 때 백도, 황도, 수밀도 등의 품종과 조생종, 중생종, 만생종 등 수확 시기를 늘리기 위해 다양하게 심었다. 여러 품종의 복숭아가 있어서 방학 시작 전부터 끝날 때까지 과수원 일로 나는 심부름을 다녀야 했다. 여러 가지 맛의 복숭아를 방학 내내 먹을 수 있어서 좋기는 했지만 내 처지가 썩 유쾌하지는 않았다. 칠월 중순에 많이 수확되는 품종을 도매로 넘기는 경우를 제외하고 대부분 마을의 가게와 소매상, 과수원에 직접 찾아오는 손님들에게 판매했다. 이상하리만치 어머니나 누나는 속까지 빨간 새콤달콤한 복숭아를 무척 좋아했다. 아버지는 내가 과수원을 오가는 편에 잔뜩 담아주었다. 아버지는 어머니가 좋아하는 복숭아를 보내 사랑을 표현했다. 수확되는 기간이 짧아 아쉬운 품종이지만 단골손님들은 속까지 빨간 복숭아가 익을 무렵이면 일부러 찾아오곤 했다.

우리 집을 동네사람들은 과수원집이라고 불렀다. 과수원집 마당 앞에 있는 복숭아나무에는 유난히 빨간 복숭아가 열렸다. 방학이 시작되기도 전인 유월 하순에 수확되므로 봉지를 씌우지 않았다. 겉이 빗살무늬로 빨간 색을 띠기 시작할 때부터 보기가 좋았다. 뾰쪽한 끝부터 차츰 붉어지다가 나무에 매달린 부분까지 전체가 빨간색으로 변했다. 놀랍게도 속까지 완벽하게 빨갰다. 마당에 있는 나무는 마흔 그루였다. 가장 먼저 수확하므로 귀한 복숭아였다. 신맛이 조금 강하지만 단맛이 곁들여 있어 상큼한 맛이 일품이었다. 한입 베어 물면 혓바닥까지 빨갛게 물들인다. 그뿐이랴, 모양도 예쁜 하트 모양이었다. 나무에 매달려있는 복숭아를 손으로 똑 따서 좋아하는 사람에게 주고 싶은 충동을 느꼈다. 사랑고백을 해도 좋을 만큼 향기나 생김새가 특별했다. 그릇에 담아두면 탐스럽고 먹음직스러웠다.

복숭아 맛을 좋아하는 사람도 다 다르다. 단맛을 좋아하는 사람, 신맛을 더 좋아하는 사람, 향기에 취하는 사람, 모양에 반한 사람, 과수원에 온 사실만으로 기뻐하는 사람이 있다. 대부분 당도에 따라 품종이 사라지기도 하고 더 개량되기도 한다.

향기로 친다면 황도를 버금가는 복숭아 종류는 없으리라. 요즈음은 품종이 개량 되어 크기도 엄청 크고 단맛 신맛을 골고루 갖추어서 고급품으로 대접을 받는다. 지속적으로 복숭아 당도를 높이느라 품종이 개량되고 있다. 백도의 단맛도 증가 되고 속이 빨간색 부분이 더 많아진 복숭아도 나오고 있다. 소고기 마블링처럼 붉은색이 꽤 많이 박혀있긴 하지만 전체적으로 속이 빨갛지는 않다.

단맛으로만 따진다면 백도를 따라갈 품종은 없다. 칠월 중순에 수확되는 수밀도는 익으면 물렁거리고 단맛이 높으나 저장성이 낮다. 팔월 중순에 수확하는 백도는 단단할 뿐만 아니라 단맛도 매우 높다. 속살은 하얀 색이며 씨앗부분이 빨갛고 씨앗과 과육이 분리가 잘 되어 먹기 편하다.

내가 복숭아에 진심인 것을 알고 아내는 복숭아를 자주 사다 놓는다. 여름을 좋아하는 이유도 복숭아 때문이라고 할 수 있다. 아버지가 심었던 마흔 그루의 나무에서 열렸던 속까지 빨간 복숭아는 이제 어디서도 만나볼 수 없다. 그저 꿈속에서나 가끔 등장하는 복숭아지만, 왠지 어딘가에 꼭 있을 것만 같은 생각이 든다. 속까지 빨간 하트모양 복숭아의 상큼한 기억이 입 안에 가득 고인다.

무딘 칼 한 자루

수서역에서 광주송정역으로 가는 SRT 열차를 탔다. 사촌 형님의 부고를 받고 황망히 길을 나선 탓이라 두서없이 자리를 잡고 앉으니, 차창 밖은 오월의 싱그러움이 한창 펼쳐지고 있었다. 산야가 온통 옅은 초록에서 짙은 초록으로 물들었다. 모심기를 하려고 물을 담아 놓은 논과 누르스름하게 익어가는 보리밭이 어우러지는 들판이 끝도 없이 이어졌다. 바람에 일렁이는 보리밭을 배경으로 SRT 열차는 빠르게 달렸다. 무엇이 그리 급해 사촌 형님은 인생 여행길에서 황급히 하차했을까. 비어 있는 형님의 빈자리가 내내 마음에 걸렸다. 기차가 종착역에 닿으려면 한참을 달려야겠지만, 아직 내게 남은 역이 몇 정거장인지 나는 세지 않기로 했다. 휙휙 스치는 풍경 속에 오도카니 앉아 있으니, 시간이 마치 거꾸로 달리는 듯했다. 형님과 함께 보낸 개구쟁이 짓을 하던 어린 시절이 떠올라서 눈시울이 촉촉해졌다.

송정리역 앞에 큰 당숙집이 있었고 조금 떨어진 철길 건널목에 작은 당숙집이 있었다. 철길을 중심으로 낮고 자그마한 집들이 많았는데 생각보다 철길과 가까워서 어린 마음에도 늘 불안했다. 봄이면 철길 옆에 민들레꽃이 피어있고 온갖 풀들이 무성했다. 당숙 집안에 행사가 있는 날이면 사촌 형님과 나는 철길 레일 위를 걸어보면서 사내들만의 대담함을 키웠다. 지금 생각해도 아찔한 장면이지만 우리는 겁내거나 주저하지 않고 기차가 달려오기만 기다리며 언덕에 바짝 엎드려있었다. 우리가 기차를 기다린 이유는 대못으로 칼을 만들기 위해서였다. 햇살이 레일 위를 비춰 번들거리며 빛날 때 그 위에 대못을 올려놓고 숨죽이면 조마조마했던 마음까지 납작하게 눌려 반반해졌다. 대못을 구하기가 쉽지 않아 광에 있는 연장통에서 아버지 몰래 못을 골라낸 일이 한두 번이 아니었다. 그것 뿐 만이 아니었다. 엄지와 검지의 지문이 닿도록 못치기를 해서 따 놓은 못이 내게는 많이 있었다. 기찻길 근처에 사는 당숙 집에 가는 날은 어김없이 우리는 못을 챙겨 갔다.

기차는 멀리서 기적을 울리며 곧 지나갈 것이라는 신호를 보냈다. 우리는 얼른 대못을 철로위에 나란히 올려놓고 철길 옆 골목으로 숨어서 기차가 지나가기를 기다렸다. 육촌인 서주와 형님은 철길에서 멀리 도망가지도 않고 기차를 두려워하지 않았다. 아무래도 철길 옆에 살아서 기차 소리에 익숙했으리라. 나는 더 멀찌감치 떨어져 몸까지 숨기고 있어도 커다란 기차가 굉음을 지르고 덜컹거리며 지나갈 때 몸을 움츠리곤 했다. 기차가 지나가고 나면 기대를 안고 철길로 달려갔다. 가슴 졸이며 못칼을 찾다가 실망스런 한숨을 내쉬기도 하고, 제대로 납작하게 눌린 못을 발견하고 환호성을 지르기도 했다. 못머리가 동그란 것은 날씬한 몸통 보다 커서 아쉽게도 레일 아래로 떨어져 있거나 어디론가 가버렸다. 다음 기차가 올 때까지 기다렸다가 다시 못을 올려놓기를 몇 번 하다 보면 다행히 납작해진 못 서너 개는 건질 수 있었다. 육중한 기차바퀴에 눌린 못은 납작해졌지만 칼로 사용하기에는 무딘 편이었다.

사촌 형과 나는 못 머리를 콘크리트 담벼락에 갈아내느라 애를 먹기도 했다. 한쪽을 칼날처럼 만들려면 숫돌에 대고 한쪽을 갈아야했다. 연필을 깎을 수 있기는커녕, 칼이라 부르기도 민망했지만, 그저 못칼 한 자루 가질 수 있음에 만족했다. 나는 기를 쓰며 못칼을 여러 개 만들어 친구들에게 자랑하며 우쭐 대고 싶었다. 형과 함께 철로 위에 못을 올려놓고 기다린 일을 무용담처럼 말하면 친구들은 귀를 쫑긋하고 들었다. 친한 친구에게 주며 뻐길 수 있어서 뿌듯했다. 변변한 장난감 하나 없던 친구들에게 썩 괜찮은 선물이었다.

숨 가쁘게 달리던 SRT 열차가 광주송정역 플랫폼에서 긴 한숨을 토해내며 멈춰 선다. 예전에 우리가 뛰놀던 기차역이 아니듯이, 육촌 서주동생도, 봉주, 경주 형도 종착역에 닿기 전에 세상을 떠나고 아무도 없다. 이제 나도 하늘역이 더 가까운 나이다. 우리끼리 모여 밤새워 장난치던 송정리역 당숙 집은 이제 내 기억 속에만 남아있다.

돌이켜보면 한때는 예리한 칼이 되려했으나 내 삶은 여전히 무딘 칼이었다. 살다보면 잘 드는 칼이 필요 할 때도 있었다. 칼날을 벼리려고 다짐을 해봐도 번번이 그렇지 못했다. 칼을 함부로 휘두르지 않고 꼭 필요한 곳에만 써야 함이 당연했다. 날카로운 칼날은 어쨌거나 상처가 남는 법, 어디 칼이라는 게 그리 만만한가. 내가 원한 인생은 아니었지만 무딘 칼 한 자루로 한 세상을 건너오는 동안 칼의 위력을 실감했다. 내리쳐도 상처가 남지 않는 못칼 한 자루면 살아가는데 충분하다는 생각이 들었다.

장례식장에서 만난 사촌, 육촌 형수님들의 얼굴에 깊어진 주름을 보니 세월이 무상함을 느낀다. 고왔던 모습은 온데간데없고 백발이 성성한 모습이다. 영정 앞에 서니 기적을 울리며 멀리서 기차가 달려오는 듯하다. 나는 내 마음에 박혀있던 대못 하나를 꺼내 레일 위에 올린다.

"행님요, 지금 기차가 들어오고 있구만이라우!"

오직 앞만 보고 달린 형님은 이따금 고음의 쇳소리를 내며 어둡고 긴 터널을 지나 먼 길을 떠나고 있다. 서산마루에 일순간 스러지는 빛처럼 사진 속의 형님이 빙그레 웃고 있다.

2022년 제8회 철도문학상 『무딘 칼 한자루』 수필부문 최우수상

탱자나무 울타리

울타리는 안과 밖을 구분하는 경계이며 보호막의 역할이 크다. 탱자나무 울타리는 야박하지 않다. 적당히 바깥 소리를 들을 수 있고 울타리 안팎을 살필 수 있다. 작은 새들에게는 자유롭게 넘나드는 놀이터이며 위험할 땐 숨어들 수 있는 안식처이다. 날카로운 가시가 엉켜 있어도 바람이 잘 통해서 답답하지 않다.

우리 과수원에는 탱자나무가 빙 둘러쳐 있었다. 아버지는 노란탱자를 땅속에 묻어 두었다가 과육을 썩힌 후 씨앗만 걸러 냈다. 씻은 씨앗들이 대나무바구니에 수북하게 쌓이면 하얀빛이 지나쳐 푸른빛을 발하는 신비함 마저 주었다. 그 씨앗을 뒷마당 우물 옆 밭 한쪽에 심어 싹을 틔웠다. 어린 묘목의 가시를 처음 만져 보았을 때 딱딱할 것이라는 예상과는 달리

감촉이 말랑말랑해서 놀랐다. 나는 새로 난 가시가 언제쯤 날카롭게 굳어지는지 궁금해서 하루에도 몇 번씩 여린 순을 어루만지면서 부드러움을 느껴보곤 했다.

탱자나무가 무성하게 자랐고 꽃이 피었지만 돋보이지는 않았다. 다섯 장의 꽃잎이 진한 초록색 가지에 묻혔다. 더구나 넓은 과수원에 먼저 핀 자두 꽃과 복숭아꽃의 화려한 벽을 탱자꽃은 넘어서지 못했다. 하얀 꽃이 예쁘고 향기가 진하다며 아버지는 소박한 탱자꽃을 좋아했다. 어쩌면 성긴 꽃잎의 아쉬움 정도는 습관처럼 받아들였으리라. 열매는 노랗게 잘 익어도 신맛과 향기가 너무 강해서 사람들에게 대접을 받지 못했다. 방안에 몇 개씩 놓인 탱자를 만지고 나면 손바닥에서 풍기는 향기는 꽤 오래갔다. 볼품없는 탱자도 두드러기 치료용으로 많이 쓰여서 동네사람들은 필요할 때마다 가져가곤 했다. 나 역시 두드러기가 자주 났다. 그럴 때마다 어머니는 잘 익은 탱자를 호박잎으로 닦아서 솥에 넣어 끓였다. "우리 아들 가려워서 어쩌나?"하시며 탱자 삶은 물로 씻어 주곤 했다.

울타리에서 잘라낸 탱자나무가지는 화살을 만들 수 있어서 나는 친구들에게 인기가 좋았다. 길이 10센티미터 쯤 잘라서 한쪽 끝에 축음기 바늘을 박고 반대쪽에는 십자형으로 두꺼운 종이 날개를 꼽으면 되었다. 심 부분이 다른 나무보다 매우 작고 목질이 단단해서 다트 핀 만드는 재료로 알맞았다. 톱질하던 아버지의 꽉 다문 입술은 오래토록 내 마음에 나무 심처럼 박혀 있었다.

어른들은 탱자나무로 윷가락을 만들었다. 동네사람들도 우리 집 탱자 나뭇가지를 잘라 갔다. 고향에서는 짧고 작은 윷을 만들어 조그만 하얀 깍쟁이(종지)에 넣어 흔들고 덕석에 뿌렸다. 아버지는 떠들썩한 윷판에 한 번도 끼어들지 않고 늘 멀찌감치 서서 구경만 했다. 그저 북치는 모임을 주관했고 조용히 북을 치거나 시조를 읊조렸다. 특별히 관리하지 않아도 잘 자란다는 탱자나무 울타리를 아버지는 든든하고 멋있게 잘 가꾸었다. 아버지는 매끈한 탱자나무 가지를 잘라 고무줄 새총을 만들어 주기도 했다. 탱자나무 울타리에 수없이 날아드는 참새를 잡으려고 무척 애를 썼지만 한 번도 참새를 명중시키지는 못했다. 탱자나무 울타리는 매년 전정(剪定)을 했는데 고등학생 때부터 나도 한 몫을 했다. 새로 난 싹들이 하늘을 향해 쭉쭉 자라서 마치 군인들이 도열해 있는 듯이 보였다. 아랫길 쪽 풍성하게 자란 울타리는 사다리를 놓고 위로 올라가 가마니를 깔고 앞으로 나가면서 잘라냈다. 하늘을 향해서 솟아난 가지를 이발하듯이 잘라내고 나면 수년 동안 자란 가지들이 촘촘하게 엉켜서 잘 닦아진 도로처럼 매끈했다. 그 위에서 달리기를 해도 좋을 만큼 단단했다. 아버지는 손수 싹을 틔워서 가꾼 탱자나무울타리가 과수원을 든든하게 지켜준다고 매우 뿌듯해했다. 가을이면 노란 탱자가 주렁주렁 달려있어 풍요로웠다. 도로에서 보면 과수원 아래 농로와 나란히 울타리가 뻗어 있어서 지나가던 사람들이 탐스러운 열매들을 구경하기도 했다.

아버지의 삶은 울타리 없는 허허벌판이었다. 열 살 때 할아버지가 돌아가셨으니 할머니 밑에서 생활이 평탄치 못했다. 전쟁중에 큰아버지와 작은아버지를 잃었으니 충격이 이만저만이 아니었다. 생업도 포기하고 한동안 방황했다. 아버지는 슬픔을 이겨 내느라 북채를 잡았다. 세상을 원망하고 좌절했을 만도 한데, 가시가 주는 고통보다 더 큰 아픔과 어려움을 참아냈다. 평생을 누구로부터 한 번도 보호받지 못하고 가족을 위한 울타리만 가꾸신 것이다.

아버지는 우리 가족뿐만 아니라 조카들 울타리도 되어야만 했다. 또 사촌 형이나 누나에게도 울타리가 될 수밖에 없었다. 큰 아버지와 작은아버지가 남긴 사촌누나 결혼식 때마다 신부의 손을 잡고 입장하며 아버지 역할을 대신했다. 그럴 때 마다 아버지는 기쁨과 슬픔이 범벅이 된 뜨거운 눈물을 흘렸다. 오죽했으면 사촌형님은 아버지 장례 때 운구차가 꼭 자기 동네를 한 바퀴 돌고 가도록 요청했다. 시골집 마당을 들려가게 해서 안타까움을 달래기도 했다.

나는 과수원집에서 가장 많은 시간을 아버지와 함께 보냈다. 여름이면 과수원 옆에 있는 작은 저수지 위의 찬물이 솟아나는 둠벙에 따라 가서 멱 감으며 아버지 등을 밀어드리기도 했다. 지나고 보니 나에게 아버지의 존재는 탱자나무 울타리였다. 겉으로는 뾰족한 가시투성이였지만 봄바람도 꽃향기도 스며들던 따스한 울타리였다. 탱자나무 어린 묘목이 자라 단단해질 때까지 수 만 번의 울타리를 쳐 준 아버지였다.

살아오면서 내가 아버지의 울타리가 되어본 적이 단 한 번이라도 있었던가. 미안한 마음이 가득하다. 줄줄이 매달린 많은 식솔과 과수원을 지키느라 울타리를 정성스레 가꾸었던 아버지 모습이 눈에 선하다.

"나는 괜찮은께로 미안해하지 말그라 잉!"

아버지의 목소리가 탱자나무 너머로 들리는 듯하다. 하얀 꽃잎마다 아버지의 구릿빛 미소가 머물고 있다.

달도 차면 기울듯이

마당 귀퉁이에 있는 정화조에 큰 호스를 내려놓고 인부들은 차량과 연결된 탱크로 압력을 이용해 오물을 끌어 올리고 있다. 다른 쪽으로 옮길 때는 호스를 꺼내 오수가 묻은 부분을 씻은 후에 뚜껑을 열고 재빨리 내린다. 마당에 똥물 한방을 떨어지지 않게 한다. 차량에 달린 계기를 보고 총 몇 리터이며 경비가 얼마라고 청구서를 끊어준다. 냄새조차 나지 않도록 깔끔하게 처리하는 것을 보니 신기하다. 일사불란하게 작업을 하는 인부들을 보면서 불현듯 아버지의 모습이 떠오른다.

우리 집은 시골에서는 드물게 공중변소가 있었다. 여자변소는 아궁이에서 나오는 재를 모아놓은 널찍한 공간과 소변을 버리는 큰 항아리가 바닥에 반 이상 들어박혀있었다. 지금까지 그렇게 큰 항아리는 보지 못했다. 대변기는 콘크리트로 만든 커다란 사각형의 탱크에 중간 벽을 쳐서 남녀가 각기 사용하도록 분리시켜 놓았다. 시골의 보통 변소와 다르게 탱크 상부도 덮여있어서 안전했다. 소변기가 별도로 있어 모아진 오줌은 퇴비장에서 퇴비를 부숙시킬 때 켜켜이 뿌려 넣기도 했다.

송정읍과 문장읍 오일장을 오가며 장사하는 사람들은 자전거포가 있는 우리 집 마당에서 머물며 화장실을 이용했다. 짐바리 자전거에 돼지를 싣고 다니는 사람들의 자전거는 튼튼해 보였다. 뒷자리 철골 구조가 길고 넓적했으며 안장 바로 뒤에는 중간 정도 높이의 기둥 두 개를 세웠다. 타이어를 길게 자른 굵은 고무줄로 커다란 돼지를 묶어 싣고 다녔다. 사람들은 땀을 뻘뻘 흘렸고 돼지는 멱따는 소리를 지르기도 했다. 사람이나 돼지나 힘들기는 마찬가지였다. 철망에 닭을 사서 싣고 다니는 사람, 아이스케키를 파는 사람 등 다양했다. 그렇게 장터 오가는 많은 사람들이 우리 집 공중변소를 많이 이용했다.

"아부지요! 맨날 몰르는 사람들이 왔다갔다 헌디 아무나 변소를 쓰게 허요?"

"몰르는 소리 말랑께! 복성밭에 똥을 많이 줘야 쓴께 그러제"

아버지는 공중변소처럼 누구나 쓰도록 해서 똥을 모았다. 그
것도 부족해서 해마다 초등학교, 경찰지서, 면사무소의 인분을
우리 과수원에서 쓰기로 약조가 되어있었다. 똥을 삭혀서 거름
으로 쓰면 화학비료보다 농산물 수확량이 많다는 것은 오랜 농
사법이었다.

초겨울이면 날을 잡아 여러 명의 일꾼을 샀다. 나무로 만든
동그란 통에 인분을 담아 지게 양쪽에 매달고 과수원까지 운
반했다. 이른바 똥지게 행렬이 이어졌다. 인분을 옮기는 날 일
꾼들의 각오와 준비는 철저했다. 운반하는 과정에서 인분이 출
렁거려 밖으로 넘쳐 흐를까봐 매번 위쪽을 지푸라기로 덮었
다. 아무리 조심한다 해도 길바닥으로 흘러나오면 냄새가 지독
하므로 조심해야 했다. 초등학교 변소 탱크에 있는 대량의 인
분을 퍼서 나무통에 담고 마을 앞 도로를 피해 농로를 통해 종
일 운반했다. 아버지로서는 여간 신경 쓰이는 일이 아니었다.
아무리 품삯을 많이 준다한들 여러 사람을 맞추기가 힘이 들
었지만 연례행사처럼 치러야만 했다. 학교에서 과수원까지
칠백여 미터 거리를 모두 지게로 운반했다. 고된 작업이었다.
무거운 똥통을 지게 양쪽에 매달고 가는 일꾼들의 모습은 숙연

했다. 함께 지고가다 함께 쉬는 모습에서 농부들의 협동심과 강한의지가 엿보였다. 과수원에 도착하면 나무마다 사방으로 파놓은 구덩이에 뿌려주었다. 열흘 정도 말린 후에 흙으로 덮어 주었다. 이날은 닭도 여러 마리를 잡아 일꾼들을 대접하며 잔치를 벌였다.

여름에는 초등학교 선생님들, 면 직원들, 지서 직원들을 차례로 초청해 닭백숙과 복숭아 나눔 잔치를 했다. 우리가 인분을 사용했으니 자연스럽게 상부상조가 이루진 셈이다. 지금 생각해 보니 아버지는 앞을 좀 내다보신 분 같다. 본래 농사꾼이 아니라서 그런지 나름 머리를 써서 과수원을 운영한 일만 봐도 그렇다. 또 양계장을 만든 일, 변소를 크게 지어 누구나 사용하게 한 일들은 본받을 만하다. 내가 직장에서 퇴직하고 뒤늦게나마 농학 공부를 하고 귀촌을 꿈꾸게 한 바탕은 아버지의 영향을 받은 듯하다.

오래전 책에서 인간의 밥통에 구멍이 뚫린 것이 축복이라는 것을 읽은 기억이 있다. 먹었으니 배설은 당연하리라. 인간의 배설물이 좋은 거름이 되어 식물을 살리고 그 식물을 동물이 먹고 미생물이 분해하고 또 거름이 되어 생물을 살리는 순환을 배운다. 자연에서 순환이 이루어지는 것과 무엇이 다르겠는가.

여전히 버려야 할 것도 버리지 못하고 쌓아둔 나를 보며 반성한다. 달도 차면 기울듯이, 내 마음속에 담긴 욕심도 때가 되면 정화조 탱크 비워내듯이 몽땅 쏟아내고 싶다. 가득 차서 불편했던 마음까지도 훌훌 바람에 날아가게 하리라. 정화조 청소차가 구불구불한 골목길을 시원스레 빠져나가는 걸 물끄러미 서서 바라본다. 왠지 모를 카타르시스가 온몸에 전해지는 듯하다.

우리들의 무궁이

깊은 겨울 속으로 산책을 나선다. 양재천이 드문드문 얼었고 여울목에는 청둥오리 두어 마리가 나처럼 여기저기 기웃거린다. 둑길에 서 있는 무궁화나무가 오늘따라 더 메마른듯하다. 물기라고는 다 비어버린 겨울나무 앞에서 나는 시린 손을 괜스레 비벼본다. 가지마다 씨앗을 매달고 서 있는 나무사이로 찬바람은 매섭게 드나들고 있다. 저 안에 찬란한 봄이 몇 개나 들었을까. 까마득한 하늘에 철새들이 줄지어 날아간다.

초여름이 되어서야 환한 연보라 등을 켜며 무궁화는 자신의 존재를 알린다. 쭉 뻗은 가지마다 짙은 초록이 잎을 매달고 지나는 사람들의 시선을 멈추게 했던 무궁화나무가 저 홀로 가벼이 서있다. 나이 탓인가. 아무 치장 없이 맨 몸을 드러낸 모습에 더없이 눈길이 간다.

어릴 때 고향에서는 무궁화가 흔했다. 별로 눈여겨보지 않았던 이유는 잎에 벌레도 많이 끼여 있었고 만지면 꽃술에 독이 있다는 말을 들었기 때문이었다. 물론 그것보다 더 아름다운 꽃들이 여름이면 지천으로 피어서 관심을 두질 않았다. 학교에 들어가서야 무궁화가 우리나라 꽃이라는 것을 알게 되었다. 도화지에 꽃잎 다섯 장을 가끔 그려보기도 했다. 여름내 피고 지고하던 무궁화처럼 아이였던 나도 무럭무럭 함께 자란 셈이었다.

"무궁화 꽃이 피었습니다."

10개의 음절이 이어지는 동안 골목마다 숨바꼭질하던 친구들도 이제는 온데간데없고, 무성했던 고향 언덕의 무궁화도 이제는 보이지 않는다. 무궁화나무를 볼 때마다 나는 그 푸르던 시간을 자주 소환 한다.

몇 년 전, 세종시에서 근무할 때였다. 외손녀가 찾아왔다. 호기심 많은 아이에게 베어트리파크에 가서 식물들을 구경시켜 주고 싶었다. 희한하게도 예은이는 곰보다는 식물원 구경을 더 좋아했다. 실내 식물원에는 나도 생전처음 보는 꽃들이 많았다. 눈에 띠는 화려한 꽃들 중 무궁화를 닮은 꽃도 있었다.

"빨간색과 주황색 무궁화도 있네!"

어린 손녀는 꽃들을 보고 좋아했다.

마침 8월 15일이라서 세종시에서 주최하는 무궁화 축제 행사장에 갔다. 분홍색 꽃들뿐만 아니라 진분홍, 하얀색 등 종류가 다양했다. 이벤트 퀴즈에 참여 했다. 진행자가 오 엑스(O X) 문제를 냈다. 예은이와 나는 손을 꼭 잡고 퀴즈 정답 쪽에 설 때마다 환호를 했다. 결승까지 올라간 우리는 상품으로 무궁화가 심겨진 작은 화분 두 개를 받았다. 두 개의 화분 중 하나는 사무실 마당에 심고 나머지 하나를 서울로 가져왔다.

주말이면 예은이는 집으로 와서 상품으로 받은 무궁화 화분에 물을 주었다. 무궁화나무는 베란다에서도 잘 자랐다.

"할아버지, 여기 꽃눈이 보여요!"

예은이가 큰소리로 나를 불렀다. 꽃이 피기를 얼마나 기다렸으면 내 눈에는 보이지 않는 깨알보다 작은 꽃눈을 찾아냈을까. 아이는 온 정성을 쏟았다. 꽃눈은 처음에는 더디 자라다가 차츰 꽃봉오리 형태를 갖추었다. 꽃이 피기 전 봉오리는 꽤 크게 한참을 달고 있었다. 꽃잎이 나올 때는 갑자기 쑥 길어지더니 활짝 피었다. 예은이의 사랑을 받아서인지 작은 나무에서도 무궁화 꽃을 차례대로 일곱 송이가 피었다. 예은이는 매직 펜으로 '무궁이'라고 이름을 써서 화분에 붙였다. 딱 어울리는 이름이고 멋지게 지었다고 생각했다. 이른 봄이 되면 가지치기도 해주어서인지 3년 동안은 무궁이가 꽃을 활짝 피워서 우리 집을 환하게 밝혔다.

"할아버지, 왜 새싹이 나오지 않아?"

예은이는 우리 집에 올 때마다 무궁이의 잎이 나고 꽃이 피기를 기다렸다. 초여름이 되어도 싹이 나지 않으니 안타까워했다. 주말마다 화분에 물을 주고 간 외손녀의 볼멘소리에 아차 싶었다. 지난겨울이 몹시 추웠는데 베란다에 두고 신경을 쓰지 않은 탓이다. 외손녀의 기대를 내가 무너뜨린 것 같아 미안했다. 외손녀가 지어준 무궁이가 더 오래도록 무궁했더라면 좋았을 텐데 하는 아쉬움이 컸다. 무궁화는 무궁이의 이름이 무색하게 수명에 미치지 못하고 죽고 말았다.

무궁이 때문에 나도 잊고 있었던 무궁화나무에 대해 관심 갖게 되었다. 꽃이 피어있지 않은 무궁화나무도 산책을 하면서 자세히 보게 되었다. 무궁화나무는 옹이가 너무 많음을 보고 놀랐다. 어느 나무인들 잘리지 않고 상처자국인 옹이가 없겠는가마는 무궁화나무는 유별나게 더 많았다. 그래서 더 애틋했다. 마치 짧지 않은 내 생애를 더듬는 것만 같아서 오래 눈길이 머물렀다.

무궁화는 꽃 하나하나를 보면 피고 지는 기간이 짧다. 하지만 무성한 가지에서 순차적으로 꽃이 피므로 오래 피어 있는 듯 보인다. 무궁화나무는 다른 나무에 비해 늦봄까지 죽은 듯이 있다가 5월쯤 되어서야 가지가 솟아나고 이파리가 돋아난다. 어느 사이에 눈을 의심할 만큼 여러 개의 새 가지가 성큼 자라나 있다. 볼품없이 초라했던 나무가 연이어 예쁘게 꽃을 피워내고 있으니 놀랍다. 무궁이라는 이름에 걸맞게 대기만성의 표본이라고나 할 만큼 아름답다.

이제는 겨울철에 옹이가 많고 앙상한 무궁화나무를 보고 안타까워하지 않는다. 늦가을이나 봄에 본줄기만 남기고 가지치기를 해 주어야한다는 사실을 알기 때문이다. 그래야만 옹이옆에 새움이 자라고 푸른 잎을 달고 예쁜 꽃을 피우지 않았던가.

산책하다 돌아오면서 무궁화 씨앗을 받았다. 삐쩍 마른 씨앗집이 딱딱했다. 가느다란 가지마다 달린 씨앗은 다섯 조각난 씨방에 두세 개 들이 있어 몇 개만 따도 내가 쓸 양은 충분했다. 씨앗에 솜털이 달려있는 것도 신기했다. 씨앗은 봄이되면 작은 화분에 심을 예정이다. 예은이가 좋아할 것 같은 생각을 하니 신이 났다. 무궁이 이름표를 다시 붙이고 정성껏 키워봐야겠다.

겨울이 지나면 봄이 올 것이다. 이제 더는 푸른 물기가 없을 것 같은 저 나뭇가지에도 파릇한 싹이 돋아날 것이다. 계절은 어김없이 찾아오고 올해도 산책길의 무궁화는 나의 오랜 벗으로 함께 할 것이다. 다함이 없는 인생의 계절이 지나는 동안 호주머니 속에는 이미 무궁화 꽃 한 두 송이 피고 있는듯하다.

어떤 기억

금연 캠페인 부스 앞을 지나다 얼떨결에 '평생금연약속'이 라는 팻말을 들고 사진을 찍게 되었다. 나는 평생 담배를 피우 지 않았으니 약속을 할 일도 없었지만, 광고를 보고 많은 분들 이 금연을 결심하게 된다면 아무래도 좋았다. 사진 속의 내 표 정은 당장이라도 담배를 끊을 듯 결연한 모습이었다. 웃음이 날 정도로 연출이 돋보였다. 담배를 피운 적이 없지만 나는 담 배 냄새를 맡으며 자랐다. 먼 기억 속, 할머니의 긴 곰방대에 서 피어오르던 담배연기가 눈앞에 어른거렸다.

할머니의 곰방대는 내 팔 길이보다 넉넉하게 길었다. 담배 를 담는 끝 통과 입으로 빠는 물부리부분은 노르스름한 놋쇠로 되어 있었고 중간의 대나무는 매듭이 잘 다듬어져서 매끈했 다. 봉지 담배를 옮겨 담아 놓은 깡통의 뚜껑을 열어 곰방대 담배통에 연초를 조금씩 넣었다. 엄지로 누르고 검지로 두어 번 톡톡 털어 낸 후 불을 붙였다. 불을 붙일 때는 평소 휘발유를 넣어 쓰는 라이터나 성냥을 사용했고 겨울철에는 화롯불로 붙이셨다. 곰방대 끝에선 한 모금씩 들이마시는 숨결 따라 빨간 불빛이 반짝였다. 담뱃재는 포탄 밑동을 잘라서 만든 무거운 재떨이인데 중앙에 볼록 나온 구멍에 탁탁 소리가 나도록 두드려 털어 냈다.

할머니는 스무 살에 시집와서 3남 1녀를 낳았다. 나는 할아버지를 모르고 자랐다. 아버지가 열 살 때 할아버지가 돌아가셨으니 모를 수밖에. 할머니 나이 서른두 살에 할아버지를 여의고 자식들 네 명을 키우면서 홀로 살았다. 6·25 전쟁 때는 백부와 숙부를 잃었고 특히 억울하게 죽은 백부에 대한 한을 평생 풀지 못했다. 또 전쟁에서 큰 부상을 입고 돌아와 목발을 딛고 사는 상이군인이 된 고모부를 보며 고모에 대한 안타까운 마음을 품고 살았다. 할머니가 담배를 피우며 시름을 달랠 수밖에 없었으리라.

내가 태어나면서 탯줄이 끊겼을 때 할머니가 짧은 탯줄을 겨우 묶어서 살렸다고 한다. 그래서인지 나는 늘 몸이 약했다. 할머니나 어머니는 몸이 약한 나를 위해 노심초사 했다. 어린 시절부터 나는 할머니 방에서 잠을 많이 잤다. 내가 떠들고 귀찮게 해도 항상 귀여워했다.

곰방대를 청소할 때는 담배 넣는 놋쇠 통속에 붙은 이물질은 나무 조각으로 긁어냈고 설대 속 청소는 지푸라기 윗부분 이삭의 줄기를 뽑아서 사용했다. 담뱃대 구멍으로 가는 줄기를 넣고 빼기를 반복하면 진한 갈색의 니코틴이 묻어 나왔다. 할머니의 찌든 고통이 닦여 나오는듯한 느낌이 들어 열심히 닦아냈다. 좋지 않다는 니코틴이 담뱃대에서 흡수해 주었다가 빠져나오니 할머니의 건강에 도움을 주는 것 같아 나도 거들었다. 벼 낱알이 털린 부분부터 첫 마디까지 길이는 벼 줄기 다른 부분에 비해 훨씬 가늘고 길다. 첫마디와 이삭까지의 매끈하고 긴 속 줄기를 회기라고 불렀고 몇 개의 회기가 소요 되었다. 나는 회기를 여러 개 만들어 드렸다. 회기는 벼 짚 첫 마디 부분을 자르고 이삭이 달렸던 가는 줄기가 부러지지 않도록 약간의 물을 적셔서 살짝 당기곤 했었다.

긴 곰방대는 언제나 반질반질 했다. 담배자체가 기호품이지만 곰방대는 할머니의 애장품이기도 했다. 평생 곰방대를 바꾼 일이 없는 듯하다. 다만 회기로 곰방대 속에 있는 니코틴을 자주 빼냈던 기억만 남아있다.

가끔씩 할머니는 가까운 목골의 큰댁에 가서 며칠 씩 머물렀다. 초등학교 시절에는 그럴 때 마다 할머니를 보려고 목골 큰댁을 자주 갔다. 중학교를 고향에서 다닌 덕분에 나는 많은 시간을 할머니와 지낼 수 있었다. 목골 명국할머니 집에서는 누에를 기르고 명주실도 뽑아냈는데 그 집에서 번데기를 얻어다 주곤 했다. 대방할머니 집에는 나를 데리고 가서 단감과 홍시, 밤도 얻어 주곤 했다. 대방할머니 역시 할머니와 비슷한 길이의 곰방대를 가지고 있었다. 두 할머니가 툇마루에 앉아 하얀 연기를 뿜어 낼 때는 담배만이 아니라 가슴에 맺힌 한도 태웠으리라. 대방할머니의 아들 또한 6·25때 행방불명이 되어 돌아오지 않았으니까.

할머니가 계셔서 내가 누린 혜택은 많았다. 집에 손님들이 많이 왔으며 특히 설 명절 때는 할머니에게 세배 온 먼 친척들로부터 나도 세뱃돈을 받을 수 있었기 때문이다. 내가 받은 할머니의 사랑은 분에 넘쳤지만 해드린 것이 없었다. 내가 국가공무원에 합격했을 때 누구보다도 좋아했다.

"박애기가 커서 나라의 녹을 먹게 되었구나!"

부모님 못지않게 기뻐하며 내 양손을 잡고 눈물을 글썽였다. 생각해보니 술을 마시지 못하는 할머니는 담배를 피웠다기보다는 긴 세월 동안 슬픔을 삭이는 방편이었다.

할머니의 한 많은 삶을 이해하기에는 나는 너무 어렸다. 세월이 흘러 나이를 먹으며 조금씩 알아가는 것이다. 고작 긴 곰방대 청소할 때 지푸라기에서 회기 뽑아다 드린 일, 어쩌다 라이터 속 솜이 흠뻑 젖도록 휘발유를 넣어 드리거나 무거운 재떨이 비워준 일 뿐이었다. 할머니의 긴 곰방대로 한 대 얻어맞았더라면 덜 죄송했을 것이다. 첫 월급을 타면 최고로 좋은 곰방대를 사 드리려고 했는데 기다리지 않고 세상을 떠났다.

몸에 안 좋은 담배를 왜 피울까 의아스럽다가도 나는 그들을 이해할 것만 같다. 사는 일이 첩첩산중일 때, 한 발 내딛으면 천 길 낭떠러지로 떨어질 것 같을 때, 긴 한숨 대신 내 뱉을 수 있는 것이 담배연기 만한 게 있을까. 평생금연약속 캠페인 사진을 찍으면서도 애연가들의 적당한 핑계거리를 마련해두고 싶다. 금연 홍보에 반하는 생각이지만 담배 안 피우고도 인생의 시름을 잊을 수 있다면 좋을 일일 것이다. 알싸한 할머니의 담배 연기가 기억 속에 저장되어 있어 그럴까. '평생약속'이라는 문구가 마음에 걸린다. 건강하게 살아야 되지만 평생 동안 약속을 어기지 않도록 누구든 한 숨 쉬는 일이 없으면 한다. 사진 속의 나도 약속을 지키고 싶은 듯 활짝 웃고 있다.

밥그릇에 담긴 백련 한 송이

고소한 냄새가 코를 찌른다. 뜨거운 솥뚜껑을 열자마자 얼굴에 낯익은 김이 와 닿았다. 뜨겁지만 정겨운 느낌, 불맛이 느껴지는 밥에 마음조차 편안해진다. 무쇠솥의 은근하고 느릿한 맛이 그리울 때면 솥 밥을 찾아 거리를 나선다. 밥 한 그릇에 나는 모든 시름을 잊는다. 솥에 밥을 적당히 퍼내고 누룽지에 물을 부어 뚜껑을 덮어놓는다. 재래식 부엌 부뚜막에 걸려 있는 큼직한 가마솥에서 지어내던 김이 모락모락 오르는 밥. 어머니가 수십 년 동안 쓰던 반질반질 윤이 나는 가마솥으로 지어내던 솥밥이 밥심으로 살아가는 나에게 소울(soul)푸드가 아닐 수 없다. 어머니 손맛이 어우러진 밥 한 그릇이 오래전 기억 속에서 걸어 나온다.

안방 부뚜막에는 큰 가마솥이 걸려 있었다. 주둥이가 넓고 깊이가 우묵했으며 솥 전체가 시커멓고 반들거렸다. 중앙이 입구보다 넓어 많은 양의 음식을 익혀낼 수 있었다. 뚜껑 손잡이는 한가운데 야무지게 붙어 있었다. 처음 솥단지를 부뚜막에 얹은 시기는 언제인지 모른다. 내가 태어나기 전부터 온돌방 데우기와 밥 짓기를 겸하며 어른이 될 때까지도 그 자리에 있었다. 한 번도 자리를 옮긴 일이 없었다. 밥뿐 아니라 계란찜, 가지, 양파 등을 쪄내 무침 반찬을 만들고 고소한 누룽지도 수없이 긁어냈다. 할머니, 부모님, 팔 남매, 머슴 두 사람까지 대식구의 밥을 지어냈다. 더구나 할머니가 계셨으니 친척들까지 붐볐다. 농사일이 많아 모심기나 논매기, 벼 베기 때 많은 사람의 밥도 감당해냈다. 가마솥은 밥 공장이나 마찬가지였다. 평소에 국을 끓이거나 생일 떡을 만들 시루를 얹을 때는 할머니 방 부뚜막의 작은 가마솥을 이용했다. 안방 부뚜막에 걸린 가마솥은 매우 컸기에 다양한 역할을 했다. 명절에 찰떡이나 조청을 만들 때, 막걸리를 담글 때도 커다란 시루를 가마솥 위에 얹어 고두밥을 지었다. 보름날 오곡밥도 무수히 쪄냈다. 메밀묵을 쑤거나 풍성한 양과 맛을 낼 필요가 있을 때는 모두 안방 시커먼 가마솥이 담당했다. 메주용 콩을 삶을 때도 여지없이 가마솥이 아가리를 크게 열어 놓고 불을 오래 지폈다. 엄마는 커다랗고 반들반들한 솥뚜껑은 들어서 열지 않았다. 무거워서 세우기가 어려운 탓이었으리라. 비스듬하게 옆 부뚜막으로 밀어 솥단지에 걸쳐 두었다. 가마솥 뚜껑을 여느라 미는 소리는 날카롭지도 둔탁하지도 않았다. 솥 안에서 뿜어 나오는 수증기와 함께 '트르르렁'하며 열리던 소리가 듣기에도 괜찮았다.

"남주야, 파 좀 뽑아 오너라!"

엄마의 말에 나는 백여 미터 떨어진 텃밭으로 가서 파를 한 움큼씩 뽑아오거나 부추를 베어 오곤 했다. 밥이 거의 다 될 무렵 뜸을 들이는 시간에 가마솥 안에 넣어 익힌 파로 만든 파숙지는 정말 달콤했다. 반으로 접어 돌돌 말아 양념장에 찍어 먹었던 맛은 추억 속에만 존재했다.

식구가 많아서 어머니는 양을 늘리려고 무밥도 했고, 조와 늙은 호박, 팥을 넣어 질펀하게 끓여 내기도 했다. 그 시절은 배를 곯지 않는 것만으로도 다행이었다. 양을 늘려 여럿 되는 자식들 배곯지 않게 먹이려는 어머니의 마음은 가마솥처럼 따뜻했다. 가마솥 안에 담긴 구수한 추억을 먹으며 팔 남매는 자랐다. 어머니의 밥은 언제 먹어도 맛났다.

　고향집에 가도 이제는 아궁이 풍경은 사라졌지만, 가슴 속에는 그때 어머니의 부엌이 선하다. "타닥, 타다닥" 장작불이 타는 소리와 가마솥에서 "쉬이익" 김을 품어내는 소리가 정겹게 들리는 듯하다. 솥 밥 냄새는 단숨에 나를 과거로 옮겨놓는다. 어머니 옆에 앉아 불을 때면서 도란도란 얘기하던 어린 나의 모습이 솥 안에 비친다.

　푸른 한강 물이 여름을 깊어지게 하듯이, 연꽃이 피어있는 단골 식당에서 고향집을 떠올린다. 기쁠 때나 슬퍼질 때나 부엌을 지키던 어머니는 이제 안 계신다. 마지막으로 구수한 누룽지를 후루룩 마시며 식사를 끝낸다. 게 눈 감추듯 가마솥 밥을 해치우니 허기진 속이 든든하고 따뜻해진다. 식당 앞 연못에는 넓적한 초록 연잎에 봉긋하게 백련이 피어있다. 내 눈에는 꽃봉오리가 마치 가마솥에서 방금 퍼서 고봉으로 담은 쌀밥처럼 보인다. 어머니의 온기가 향기로 피어난다.

파라볼라

낮고 부드럽게

공중에는 수많은 전파들이 오고간다. 방송국에서 주파수대에 따른 AM, FM 라디오, TV방송을 송출한다. 전화국이나 통신기지국에서는 휴대전화나 인터넷이 가능하도록 눈에 보이지 않는 전파를 교신한다.

나는 고속도로와 같은 전파통로를 공중에 만들어 주는 주파수 대역폭이 넓은 마이크로웨이브 통신망에 종사했다. 보이지 않는 것은 신만이 아니다. 사랑이 용광로보다 뜨겁고 빙하보다 차가운 면이 있는 것처럼 무선통신에 묶여서 살았다.

첫 발령지는 광주운용국이었다. 서울이 본국이며 첨단통신 방식인 '마이크로웨이브'국으로서 신기술 수당까지 주는 특별한 곳이었다. 놀랍게도 공무원 시험 볼 때 처음 들어본 '파라볼라 안테나'가 사용되며 전남지역 장거리 무선통신망을 관장했다. 나는 정비과에서 일했다. 관할 국소가 중계소 5개, 단말국 7개소로 한 달에 한번 씩 시설 순회 점검 및 정비를 다녔다. 각 국소에서 고장이 발생하면 퇴근 후에도 대기한 운전기사와 함께 복구용 장비를 싣고 긴급 출동했다. 고장 난 통신시설을 빨리 복구시켜야 하므로 늘 대기 상태였다. 해발 1,000미터가 넘는 무등산 중계소 올라가는 얼음골에서 차가 미끄러져 죽을 고비를 넘기기도 했다. 광주운용국 차량 다섯 대에는 모두 경광등이 달려 있다. 서울장거리 본국관할은 서울, 남서울, 대전, 전주, 광주, 대구, 부산, 안동, 강릉, 원주, 진주, 제주 등 12개 운용국과 그 지역의 고지중계소와 도시에 있는 단말국이었다. 즉 12개 운용국과 120여개 국소에서 일어난 고장 등을 관리했다.

마이크로웨이브 전파는 빛과 같은 성질이 있다. 직진성이 강하기 때문에 중간에 장애물이 있으면 안 된다. 전파를 주고받는 중계소는 도시를 중심으로 가장 높은 산에 있다. 건물 위나 높은 산에 철탑을 세우고 가능한 한 높은 곳에 안테나를 설치하여 상대측과 송수신을 한다. 각 중계소에는 열 개 이상의 안테나가 부착되어 있다. 지름이 3~4미터가 넘는 원형금속판이므로 강풍이 불면 안테나가 돌아가 버릴까, 폭설이 내리면 안테나 중심부의 혼(Horn)에 문제가 생길까봐 노심초사했다. 안테나에 연결된 수많은 장치는 주와 예비로 이중화 되어 있지만 안테나는 방향별로 1:1로 마주보며 무선전파를 주고받는다. 국가기간통신망이므로 예비 장치가 고장이 발생하더라도 매뉴얼대로 현장으로 긴급출동을 해야 했다.

서울 본국의 장거리 통신, 텔레비전 방송 등 무선을 총괄하는 부서로 전보 되었다. 마침 흑백에서 칼라 TV방송으로 전환되는 시기라서 KBS개통 준비에 여념이 없었다. KBS는 처음부터 신 장비를 설치해서 칼라 TV방송루트를 개통 했다. 뒤늦게 MBC TV도 칼라방송을 해야 한다고 아우성이었다. 전국 오십여 개 중계소와 열다섯 개 방송국과 루트를 신 장비를 투입해서 완성하려면 외국장비 도입부터 시설공사만 일 년 이상 걸린다. 결국 기존 구형 장비를 이용하여 칼라방송화 시험을 했다. 수많은 측정과 데이터 분석을 통해 권장기준에 적합함을 얻어 냈고 MBC도 몇 개월 만에 기존장비를 이용하여 칼라 TV방송을 시작했을 때 일익을 담당했다.

남북협상 TV중계 방침이 세워졌을 때는 매우 신경을 썼다. 한국은 미국방식이고 북한은 유럽방식으로 TV전송방식이 다르다. 미국방식과 유럽방식을 상호 바꿔서 중계할 수 있는 변환기를 긴급히 도입해야 했고 우리국의 이동 TV장비 차량도 판문점에 출동해서 설치했다. 번갯불에 콩을 볶 듯 분주하게 처리하느라 애를 먹었다. 세계적인 관심을 끄는 상황이라 많은 직원들이 함께 동분서주했다.

전국 무선통신망은 수많은 송수신국이 거미줄처럼 연결되어 있다. 각 중계소에는 방향별로 수많은 기계장치들이 송신과 수신을 하여 해당중계소 인근의 도시와 다음중계소로 연결시켜준다. '가지 많은 나무 바람 잘 날이 없다'는 속담처럼 어느 국소에선가 크고 작은 사고가 발생했다. 특히 TV방송라인은 몇 초만 끊겨도 초비상이었다. 아침 일찍 출근해서 각 국에서 일어난 사항을 분석하여 대책을 세우고 브리핑 자료를 만드느라 언제나 바빴다. 지금의 지하철 노선도보다도 복잡하고 더 많은 루트로 연결된 국소의 고장 없는 하루하루를 보내기 위해서 아등바등 살 수밖에 없었다

안테나가 송신과 수신이 상호 방향이 잘 맞아야 소통이 이루어지듯이 사람과 사람사이에 소통 또한 안테나의 지향성처럼 잘 맞아야 했다. 특히 부부사이와 가족 간의 관계에서는 더욱 그랬다. 직장생활 하는 동안 업무에만 충실한 나머지 내 생

활을 즐기지 못했다. 남편으로서 아버지로서 가족에게 관심을 둘 여지가 적었다. 직장일이 바빠서 다음날 퇴근해서 몇 동 몇 호로 이사했느냐고 아내에게 전화로 물어서 찾아간 일도 있었다. 어쩌면 빛과 같은 마이크로웨이브 전파의 특성처럼 나는 직진만 했다. 파장이 긴 전파가 장벽도 넘어가는 FM라디오 방송의 음악처럼 때로는 낮고 부드럽게 또는 높고 조화롭게 변화하며 스스로에게, 가족에게 따뜻하게 했었더라면 하는 아쉬움이 들었다.

산꼭대기에 웬 철탑이 저리도 높게 서 있을까? 철탑에 매달린 여러 개의 커다란 접시모양은 무엇일까? 일반 사람들은 관심조차 없지만 나는 아파트단지 옥상의 위성용 파라볼라 안테나를 찾아보곤 한다. 무선통신분야에 종사해온 세월이 꿈만 같다. 긴장은 나이가 들어가도 건강하게 머리를 회전 할 수 있도록 하나 보다. 어디를 가든 누구를 만나든 서로의 관계에 흐르는 전파를 의식하는 일은 평생 해야 할 일이다.

전망 좋은 집

대부도로 들어가는 시화방조제 도로는 왕복 6차선이다. 직선으로 쭉 뻗어 있어 시야가 탁 트여있고 바닷바람을 옆구리에 끼고 달리다보면 기분이 좋아진다. 날마다 출근할 때면 방조제 도로로 들어서서 시원하게 달리다가 두 번째 신호등에서 좌회전을 한다. 신호등 위치에서 보면 왼쪽에서 아파트와 상가건물이 들어서기 시작한 매립지역 외는 삼면이 바다로 되어 있다. 시화방조제를 건너편 비껴선 자리는 자월도 가는 바다이고 오른쪽 바다는 송도신도시이다. 내가 일하는 현장사무실은 거북섬이라고 불리는 시화호 바닷가에 있다. 좌회전 한 후에 200여 미터 정도 달리는 길은 바다와 도로 사이에 작은 공원이 조성되긴 했으나 심은 지 몇 년 안 된 작은 나무 몇 그루뿐이다. 시화호는 물이 차면 푸른 파도가 일렁이고 물이 빠지면 갯벌이 펼쳐져서 온갖 바다 생물들의 숨터이다. 먹잇감이 많으니 새들이 모여드는 핫 플레이스다.

봄기운이 완연한 날이었다. 그날도 어김없이 출근 차량은 빨간 신호등 앞에 멈춰 섰다. 무심히 올려다 본 신호등 기둥 위에 까치 두 마리가 앉아 있었다.

"갈매기가 아니고 까치가 있네."

혼자 신기하다는 듯이 중얼거리며 지나쳤다. 다음날도, 그 다음 날도 나는 신호등 앞에서 좌회전 하려고 대기하는 동안 한 가지 사실을 알게 되었다. 쇠기둥 위에 까치가 집을 짓고 있었다. 까치가 집터의 기초공사를 하는 곳은 신호등 기둥에서 신호표시기가 달린 수평으로 갈라지는 니은자 부분이었다.

"신호등 위에 집을 짓다니……."

바다가 잘 보이는 전망이 좋은 장소이긴 하나 허허벌판 바닷바람이라도 부는 날에는 큰일이라는 생각이 들었다. 분명 아늑한 집터는 아닌 듯 했다. 날이 갈수록 나의 우려와는 상관없이 집이 만들어지고 있었다. 초록불과 빨간불 사이에 노란불이 켜지는 동안 두 마리의 까치는 공사를 부지런히 이어나

갔다.

처음에는 까치가 나뭇가지 몇 개만 얹어 놓아서 어설프게 보였다. 기초를 다듬느라 까치가 고개를 까닥거리는 모습이 며칠 동안 눈에 띠었다. 내 눈엔 나뭇가지 몇 개가 올려 있어서 허술하게 보였지만 기초를 만든 뒤로는 공사 진도가 매우 빨랐다. 까치 두 마리가 나뭇가지나 풀줄기들을 입으로 물어와 얼키설키 순식간에 쌓았다. 때론 마음에 안 드는지 이리저리 살피기도 하고 걸쳐 놓은 나뭇가지를 빼내어 옮겨 끼우기도 했다. 엉성하게 보였으나 집이 제법 그럴듯했다. 빨간 신호등에 멈춰 설 때마다 나는 까치의 신축공사 현장을 살피곤 했다. 까치는 들락날락 하기도 하고 신호등 위쪽에 앉아 있기도 했다. 갈매기가 다가오면 적극 방어도 했다. 물론 갈매기는 기둥 위에 집을 짓지 않기 때문에 집터를 욕심내는 다툼이 아니었다. 쉴 만한 자리를 빼앗긴 갈매기가 투정을 부리는 거라는 생각이 들었다.

나는 건설현장에서 일하기 때문에 가끔씩 공사가 중단된 건물을 본다. 몇 층씩 올라가다 방치된 콘크리트 몰골을 볼 때면 가슴이 저린다. 계획을 수립한 후, 수없이 검토하고 착공을 했지만 예상치 못한 사연으로 공사가 지연되거나 중단되기도 한다. 진행 중인 공사가 중단되면 발주처는 물론 시공사 관련업체의 손해가 매우 크다는 사실을 직접 보아서 안다. 대기업에서 월급을 받고 지냈던 시절에는 느끼지 못했던 일들을 건설현장에서 직접 보고 느낀다. 투자자나 인부들과 종사자들 모두가 어려움을 겪기 마련이다. 감리를 하는 입장에서 나 또한 공사가 계획대로 순조롭게 진행되기를 바란다. 설계도와 일치하게 규정을 준수하고 인증된 규격물자를 사용하도록 감독한다. 매 공정마다 시공품질이 정상으로 유지 되는지와 층수가 올라갈 때마다 시공 상태를 검측한다. 현장을 벗어날 수가 없다. 진도 파악과 월, 분기, 보고서는 물론 최종보고서를 작성하고 계획대로 공사가 완료되도록 지도한다. 공사가 완료되면 준공보고서를 작성하여 관계기관에 제출 후 승인을 받아야 한다. 때론 설계변경과 문제점 발생에 대한 해결 등 완공이 될 때까지 신경을 쓰지 않을 수 없다. 건설현장의 대형사고 발생으로 감리의 책임 여부가 도마에 더 오르내린 한 해다.

중대 재해발생에 신경을 곤두세워야 했다. 정부기관에서 점검도 자주 왔다. 나는 통신이 전공이지만 이번 현장에서 소방분야를 맞고 있으니 빨간 불빛과 안전에 더 관심을 가지게 되었다. 나는 도로에 설치된 빨간 신호등 불빛 앞에서 까치집을 볼 때마다 마음속으로 안전하게 집이 완공되기를 빌었다. 나뭇가지 사이가 아닌 쇠기둥 위에 집을 짓는 까치가 늘 염려되었기 때문이었다. 내 삶을 돌이켜보니 아무것도 없이 시작한 내 인생의 집을 지어온 일들이 떠올랐다.

설계한 성화봉송로 무선통신망 공사를 직영으로 추진하다 인명사고가 발생해서 겪은 일, 신기술 동기신호방식 공급개선으로 통신대상을 받았던 일 등 크고 작은 시련을 견디며 기쁨을 맛보기도 했다. 지금도 현장으로 출근하는 것은 이런저런 인생의 집짓기가 축적된 노하우 덕분 아니겠는가.

안개가 자욱하게 낀 아침에 빨간 신호등에 걸려 멈춰 섰다. 까치집이 있는 쇠기둥에 걸려있는 도로 안내표지판 위에 갈매기 여러 마리가 앉아 있었다. 이상하게도 까치가 보이지 않았다. 까치가 나타나기를 기다려도 눈에 띠지 않았다. 며칠 동안 신호등 앞에서 살펴봐도 까치는 안보였다. 입지선정을 잘못한 것을 깨닫고 중사중단을 한 것이 아닌지 은근히 걱정이 되었다. 신호등 위치에서 보면 삼면이 바다요, 한 면은 넓은 공터에 풀이 자라고 있고 양쪽길이 쭉 뻗은 대로이니 사람의 눈으로 보면 전망 좋은 집이 틀림없었다.

까치집에 까치가 살고 있지 않음을 인지한 후로 그 까치 부부가 걱정되었다. 입지를 잘못 선정해서 집짓기가 중단되었는지 아니면 다른 사고라도 당했는지 모를 일이기 때문이었다.

초겨울이다. 시화 방조제 두 번째 신호등 위 까치집은 짓다 말고 그대로다. 그사이 나름 풍성해 보이던 집이 무너져있다. 관리하지 않은 탓이리라. 내 남은 인생의 집도 마찬가지 아니겠는가. 올해 자재 값 상승으로 공급이 불안정 했지만 다행히 공사중단 없이 준공을 앞두고 있다. 까치가 떠난 신호등 위는 갈매기의 전용 쉼터로 보인다. 짓던 집이 공사중단이 되었어도 까치 부부가 전망 좋은 곳을 찾아가서 집을 짓고 살아있기를 바라는 마음은 신호등 앞을 지날 때마다 기원했다.

빨간 신호등 앞에서 다시 멈춰 선다. 좌회전을 기다리는 차가 나 뿐이니 푸른 신호까지 길게 느껴지기도 하다. 인생의 방향도 이러한 듯하다. 짧은 순간에 방향을 전환을 해야 하고 때론 기다릴 줄도 알아야 한다. 까치가 쇠기둥에 집을 짓기로 한 장소가 마땅치 않음을 빨리 깨닫고 입지선정을 다른 곳으로 했다고 믿고 싶다. 좌회전 도로로 접어든 바다와 도로 사이에 서있는 11월의 나무들이 앙상한 가지를 흔들어댄다. 까치 부부가 겨울을 잘 보내고 내년 봄에는 전망 좋은 집으로 돌아왔으면 한다.

불씨

불씨는 언제나 작았다. 2000년 4월 초, 삼척의 산불이 울진으로 번졌다.

"박국장님! 삽이라도 들고 직원들과 현장에 나가보지 그래요?"

"네, 지금 울진 쪽으로 가고 있는 중입니다."

나는 전화를 빨리 끊었다. 서울 본사 네트워크본부에서는 산불이 삼척에서 울진지역으로 넘어갔다는 뉴스를 보고 온통 난리다.

안동망운용국은 고지인 일원산, 봉화산, 현종산, 학가산, 연화봉 등 마이크로웨이브 무선통신망중계소와 안동, 상주, 문경,

김천, 영덕 등 도시의 광통신망국소을 관리한다. 산불이 발생하면 당연히 피해가 없도록 연일 대비에 신경을 쓴다.

광통신망은 전국이 이중화 되어 있다. 강원과 경북 북부 동해안 일부지역은 산간이라 아직 우회용 광케이블 루트가 부족하다. 만약의 경우 통신 두절이 될까 봐 본사에서도 긴장을 할 수 밖에 없다.

산불 현장에 도착했다. 초봄에 피어난 꽃잎과 막 피어오른 푸른 새싹이 무참히 검게 탔다. 바람이 불 때마다 바닥에 쌓인 까만 낙엽을 부추겨서 연기를 품어 냈다. 한바탕 불길이 지나간 자리에 아직 불씨기 남아 열기가 후끈거렸다. 산등성이에 타고 있는 불꽃이 거셌다. 불길은 가곡천을 건너 울진 쪽으로 넘어와 있었다.

도로에는 전국에서 올라온 소방차와 소방관들, 동원된 공무원들로 가득했다. 소방차들은 민가에 불이 번질까 물을 뿌리고 있었다. 헬리콥터들은 쉴 사이 없이 동해 바다 속에 큰 두레박을 담가 물을 가득 채워 퍼 날랐다. 불은 긴 띠를 만들며 빨갛게 번졌다. 피어오르는 불꽃을 피해 연기 속을 뚫고 산등성이에 바닷물을 쏟아 부었다. 하얀 물이 보자기처럼 펼쳐지면 웬만큼 불길이 잡혀야 할 텐데 역 부족이었다. 그나마 바다가 가까워서 다행이긴 해도 무섭게 타오르는 불길은 잡히지 않았다. 양 경사면에서 타오르는 불길이 계곡에서 마주치면 폭발하듯 불기둥이 높게 치솟았다. 헬리콥터가 없다면 급속도로 번질 기세다. 수많은 장비와 소방관들은 화마가 지나간 산자락에서 잔불을 계속 끄고 있었다. 연기와 열기 때문에 그 일도 쉽지 않았다. 이런 속도라면 광케이블이 노출된 도로공사장소 까지도 언제 불길이 들이 닥칠 줄 모를 일이었다.

'불길이 후포까지 번지려면 얼마나 걸릴까요?

"우리도 모르죠, 바람이 문제입니다!"

현장 소방관들은 바람이 불면 불씨가 삼사백 미터까지 튀어 순식간에 더 빨리 번질 수 있다고 했다. 삼척과 울진의 경계를 이루던 폭 400미터의 가곡천도 불씨가 넘어와 울진 쪽에 불이 번진 거라고 했다. 70여 킬로미터 떨어진 후포면 부근 도로변에 우리 광케이블이 노출되어 있어 가슴이 콩닥 거렸다. 봉화 산중계소는 불이 타는 곳과 반대 방향이라 조금 안심이 되었지만 빠르게 번지는 속도로 보아 노출구간까지 여유 있는 상황은 아니었다. 평소대로 광케이블이 땅속에 묻혀 있다면 나 역시 강 건너 불구경 하듯 했을 것이다. 도로확장공사가 시행되는 구간은 기존 광케이블을 땅위로 노출시켜 지지대를 세워 묶어 놓는다. 불이 번져 광케이블이 타면 기간통신망이 두절되니 신경을 곤두세울 수밖에 없다. 노출된 케이블 구간의 보호 대책은 주변 잡초를 제거하고 미리 물을 뿌려 놓는다. 케이블이 노출된 구간에 수동식분말소화기와 직원들을 대기시키긴 했다.

산불을 진압하기가 매우 까다롭다는 것을 직접 보았다. 숲에는 수많은 나무와 식물 등 불붙기 쉬운 땔감들이 널려 있어서 취약했다. 산불예방이 얼마나 중요한지를 새삼 느꼈다. 산불 현장에서 직접 보니 강 건너 불구경 하듯 관심이 없었던 때와 확연히 달랐다.

걷잡을 수 없을 만큼 큰 산불을 만든 원인이 작은 불씨인데 사람들은 심각하게 생각하지 않는다. 나무가 자라서 숲을 이룰 때까지 걸리는 기간은 생각보다 오래 걸린다. 애써 가꾼 산림도 산불이 나면 한 순간에 잿더미로 변한다. 이를 다시 원상복구 하는데 막대한 비용과 긴 세월이 필요하다.

"본부장님! 광케이블 노출된 구간이 산불 현장과 아직 거리상 여유가 있습니다, 오늘 저녁에 비가 온답니다."

한숨을 돌리며 전화를 끊었다. 비가 오기를 간절히 빌었다. 그 때 나는 숲이 한 뼘이라도 더 타지 않기를 바라는 마음보다는 제발 광케이블이 노출된 곳 까지만 번지지 않기만을 바랬었다. 경북 북부지역 장거리통신망을 운용 관리하는 나는 책임이라는 무거운 압박에 내 안위만 생각했었다.

사람의 마음이 이리도 간사할까. 나는 울진 산불현장에서 광케이블 시설만 불에 타지 않기를 바랬던 그 때를 생각하면 지금도 부끄럽다.

숲에 갈 때마다 느낌이 달랐다. 불씨의 시작은 작지만 다스리지 못하면 그 힘은 너무 크다. 특히 산불만큼은 그 작은 불씨라도 발생되지 않게 예방이 가장 중요하다. 예방은 아무리 강조해도 지나치지 않다. 나는 울진 산불 이후 숲에 관심을 가지게 되어 숲해설 공부를 했다. 울진 산불은 숲에 대한 사랑의 불씨를 알게 한 계기가 되었다.

싱크로나이즈

중랑천 변을 산책하는 시간이 즐겁다. 초겨울로 접어들면서 날아드는 철새들을 보려고 살곶이 다리 아래로 간다. 다리가 높지 않고 난간도 없으니 철새도 가깝게 볼 수 있다. 물닭들이 수면의 거품을 쪼아대고 청둥오리와 넓적부리들이 노니는 모습에 취해 오래 바라본다. 다리 바로 아래 물살이 세고 깊지 않은 곳에서는 바닥을 향해 오리들이 머리를 물속에 처박고 궁둥이는 하늘로 향한다. 물속에서 서로 신호를 주고받으며 맞추는 것인지, 두 마리가 동시에 궁둥이를 하늘로 쳐들고 있는 모습을 볼 때면 절로 미소가 지어진다. 코치가 시범을 보이는 듯 먼저 한 마리가 머리를 쳐 박으면 다른 두 마리도 따라 물속으로 들어가 똑같은 동작을 한다. 올림픽경기에서 선수들이 싱크로나이즈를 연출하는 것처럼 멋지고 아름답다. 세상의 일 또한 서로 동기를 맞추며 조화로워야 아름답다.

운용연구단에서 나와 인간적인 동기가 맞는 분과 함께 근무하게 되었다. 마이크로웨이브 무선통신방식에서 광통신방식으로 전환되는 시기였다. 통신네트워크가 비동기방식에서 동기방식으로 전환되고 대용량 장비가 전국에 확산공급 되고 있었다.

동기는 내게 무척 친숙한 단어다. 정확한 동기화가 이루어지지 않으면 신뢰성 있는 디지털 통신은 불가능하다. 동기를 맞추는 것은 기술적으로 결코 쉽지 않으며, 그것을 제어하기는 더더욱 그렇다.

디지털정보의 전송에서 정보와 신호와의 동작 타이밍을 일치시키는 것을 동기(同期)라고 한다, 데이터 전송에서 매우 중요하다. 망을 구성하는 모든 디지털 전송장치들을 하나의 기준 클럭에 일치(동기화)시키는 것이다. 전국의 네트워크가 루트별 장치별로 하나의 동기신호를 공급하는 방식이다. 출발국 장치에서 보내면 최종국 장치까지 정보와 신호가 오차 없이 일치시키는 방식이다. 아무리 속도가 빠르다고 할지라도 어찌 조금의 오차가 없을까마는 고정밀 측정기가 있어 잡아내기도 한다. 수많은 통신장치들 간에 기준 신호가 지연 없이 일치해 야 품질이 좋아지므로 동기가 매우 중요하다.

인간관계에서도 자신과 상대 간에 서로 소통하고 일치 시키 며 유지하는 것이 중요하다. 시골중학교에서 도시고등학교로 입학 때도, 내가 다니던 중학교 출신 동기가 없었다. 고등학교 생활에 흥미를 잃어 공부에 소홀하기 시작 했다. 대학 또한 늦 게 다녔기 때문에 젊은이들과 나이 차가 있어서 동기 모임이 시원찮았다. 희한하게도 이런저런 이유로 직장에서도 입사 동 기가 없었다.

그러하기 때문에 세상의 변화에 따라 나름 동기를 맞추기 위해 노력해 왔다. 어디 나만 그랬으랴. 직장인들 대부분 애환 이 그런 관계에서 빚어지는 것 아닌가. 한때 방송과 통신의 통 합 방침에 따라 방송사에서 온 상사를 모신일이 있다. 새로운 조직에 혼자 배치를 받아 다른 문화 속에서 실무를 맡았다. 방 송과 통신의 연락방식인 타합통신망을 구축하라고 했지만 이 론적으로 성립이 불가능했다. 불가하다고 검토 보고서를 제출 한 후 심하게 따돌림을 당했다. 뭔가를 해결하기 위해 합류 했 다고 기대 했겠지만 근무바탕이나 사용 주파수대가 달라서 동기를 맞출 수 없었다.

이제 직장에서 은퇴를 하고보니 가장 어려운 동기는 평생 같이 마주보고 사는 아내다. 아내와 번번이 이러쿵저러쿵 다투기도 하고 토라지기도 한다. 하지만 언제 그랬냐는 듯이 나란히 어깨를 맞추며 산책을 간다. 젊어서는 주파수가 맞지 않아 혼선을 빚기도 했지만, 이제는 웬만한 것은 말하지 않아도 서로의 마음을 곧잘 읽는다.

'왼 발, 오른 발, 팔 흔들기, 활짝 웃기.'

데칼코마니처럼 서로 마주보며 판박이가 되어가는 아내와 나는 이제야 제대로 된 인생의 싱크로나이즈를 보여주며 살아간다.

오리가 머리를 물속에 처박고 궁둥이를 하늘로 들어올리기를 기다린다. 두 마리가 동기를 맞추기를 기다렸다 그 순간을 놓치지 않고 영상을 촬영한다. 보기 드문 오리들의 공연이다. 은근히 자랑도 할 겸해서 페이스북에 올린다. 영상의 제목은 더 고민할 필요 없이 '싱크로나이즈'다. 조회 수와 댓글이 수북이 쌓인다.

파라볼라

사월의 가파도는 바다에 이는 파도처럼 들판에도 파도가 출렁인다. 삽상한 바람을 따라 돌담길을 벗어나자 눈앞에 넓은 보리밭이 펼쳐진다. 낮은 언덕은 푸른 바다로 이어지고 바람이 스칠 때마다 담뿍 봄을 담아낸다. 바람이 넓은 포물선을 그리며 치맛자락을 펼쳤다 접었다 하면 들판의 청보리는 알아들었다는 듯이 곧바로 화답한다. 높고 낮은 방향으로 누웠다 일어났다 흔들며 유연한 포물면을 만든다.

"앗, 파라볼라 안테나다!"

나는 마을의 건물 옥상 철탑에 달려 있는 안테나를 보며 소리 지른다. 육지와 섬 지방을 연결하는 접시모양의 무선통신용 안테나다. 지점과 지점(point to point)사이에 대용량 무선통신이 필요한 도시나 섬 지방에는 경제성이 좋으므로 마이크로웨이브 통신방식이 많이 사용되고 있다. 여행하던 중에도 낯선 도시에서 파라볼라 안테나가 보이면 기분이 좋아서 피곤도 잊을 정도로 나에게는 친한 친구나 마찬가지다. 접시모양의 파라볼라 안테나(parabola antena)를 보면 가슴이 벅차다. 사랑도 눈에 보이지 않지만 불보다 뜨거울 때가 있지 않은가. 내 삶을 뜨거운 열정으로 이끈 것이 마이크로웨이브(micro wave) 통신이다.

마이크로웨이브는 극초단파를 이용하여 대용량 통신을 송수신하며 '파라볼라 안테나'가 사용된다. 금속판으로 만든 둥근 포물면경으로 수집한 전파를 초점에 모아 강하게 방사하기 때문에 축 방향으로 지향성을 가지고 멀리 전파된다. 텔레비전 중계망과 같이 한 점에서 다른 점으로 직선적으로 송수신 할 경우에 적합하다. 위성안테나가 포물선 모양인 이유도 전파 수집이 좋기 때문이다. 파라볼라 안테나는 바람에 취약하다. 강풍에 안테나 방향이 돌아가면 안 된다. 태풍이 불 때는 보통 순간속도가 50Km를 직접 받는다. 수많은 국소에 수십개의 안테나들이 철탑에 부착되어 있으므로 약간의 이상만 감지해도 복구하기 위해 출동해야 한다.

초겨울이었다. 오전 10시쯤, MBC TV방송 상태에 문제가 있었다. 여러 가지 측정기를 동원해서 시험을 해도 개선이 안 되었다. 비상 상황이라 정신이 없었다. 방송국에서 받은 방송을 남산 TRC(텔레비전중계센터)를 파라볼라 안테나를 통해 송신하면 검단산 중계소에서 받아서 여러 중계소를 거쳐 대전, 전주, 광주, 목포, 진주, 대구, 부산, 마산, 강릉, 제주까지 전국 TV방송국으로 연결된다. 출발지에서부터 품질이 나빴으니 전국에 있는 방송국도 비상이다.

원인규명 팀을 구성했다. 마이크로웨이브 전송장비와 파라볼라 안테나를 연결하는 도파관내부에 습기로 인해 엷게 얼었던 얼음이 10시쯤 태양 빛에 녹아 내부에 이슬이 맺히는 현상을 발견 했다. 물방울이 전파의 반사를 방해해서 신호세력이 약해지고 잡음이 생겼다. 이처럼 눈에 보이지 않는 전파가 우리가 상상도 못 하는 일을 만들기도 했다.

현직을 떠난 지 십 년이 지났지만 나는 여전히 현역이다. '통신분야책임감리'로 29층 옥상에서 하늘의 위성을 향해 설치된 대형 '파라볼라 안테나'를 검측하면서 스스로 놀랐다. 돌이켜 보니 파라볼라와 인연이 이토록 길게 이어질 줄은 몰랐다. 뒤돌아보면 내 삶의 지향점은 언제나 파라볼라로 향해 있었다는 것을 알게 되었다. 마이크로웨이브 전파처럼 빠른 속도에 묻혀 살아왔지만 나는 파라볼라와 늘 함께했다.

흔히들 안테나를 잘 세운 사람이 출세가 빠르다고 말한다. 안테나는 정보를 수집하는 대명사로 비유되므로 정보가 빠른 사람이 그만큼 유리하기 때문이다. 직장 다니는 동안 항상 긴장의 끈을 놓지 못했다. 자연스레 집안일은 아내 몫이었다. 빛과 같은 마이크로웨이브 전파처럼 직진만 했다. 때로는 음악 방송처럼 낮고 부드러운 음에서 높고 날카로운 음까지도 수용하는 방법도 알았어야했는데 너무 한 곳만 보고 살았다. 뒤늦게 철이 들어가는지 이제라도 나의 파라볼라는 내 삶의 한 점, 아내에게로 향했다.

가파도의 바람은 사월의 청보리 내음을 종일 품어 냈다. 건물 옥상의 철탑에 달린 파라볼라 안테나를 향해 연신 사진을 찍었다. 운이 좋은 날이었다. 아내가 청보리밭을 배경으로 손가락 하트를 내밀고 있는 하늘에 커다란 포물선이 떴다. 무지개였다. 마이크로웨이브 전파에 대한 열정으로 버텨온 내 삶에 대한 보상이라도 해주는 듯, 파란 하늘에 파라볼라 무지개가 선명하게 떠 있었다.

*파라볼라: 포물선

밀당

"갈치낚시 선비 7만원, 몸만 오세요!"

평소 알고 지내던 김선장이 보낸 문자를 받자마자 속으로 쾌재를 불렀다. 바다로 도망치고 싶어 몸이 근질근질하던 터라 우선 들뜬 마음을 가라앉히고 떠날 채비를 점검했다. 머릿속으로 일정을 잡고 슬그머니 일어나 미리 자동차 트렁크에 낚시가방과 아이스박스도 슬쩍 옮겨 놓았다. 늘 그랬지만 몸만 오라는 김선장 말마따나 휘릭 떠나면 될 일이나, 일상이 그게 그리 간단한가. 뭉그적거리며 아내의 눈치를 살폈다.

"주말에 특별한 일 없지?, 목포 김선장이 자꾸 바람을 넣네!"

김선장 핑계를 대며 밑자락을 깔아보았지만 한두 번 있는 일이 아니어서 아내는 나의 속셈을 진즉부터 파악한 상태였다.

"말린다고 안 갈 것도 아니면서……."

아내는 항복했다는 듯이 손을 내저었다. 잔뜩 긴장했는데 '이렇게 싱겁게 끝나다니' 아내에게 미안한 마음이 들었지만, 한편으로는 이미 목포로 도망치고 있었다.

목포 평화광장 앞바다는 9월부터 11월까지 갈치낚시가 성황을 이룬다. 집어등을 환하게 밝힌 채 배 위에서 밤새껏 낚시를 한다. 바닷고기는 대체로 민물고기보다 입질이 강하다. 그러나 목포 갈치는 여느 바닷고기 입질과는 다르다. 갈치낚시는 찌를 달지 않고 미끼는 주로 냉동 빙어를 통째로 쓰거나 냉동꽁치를 잘라서 쓴다. 전어를 잘라서 쓰면 조과가 좋긴 하지만 값이 비싸므로 미끼 선택부터 밀당이 시작이다. 이빨이 날카로운 갈치는 낚시 바늘에 걸려도 카본 줄을 끊고 도망가므로 바늘연결부에 비닐 튜브를 끼거나 철 와이어로 묶여진 채비를 쓴다. 주로 야간에 하므로 물속에서 잘 보이도록 목줄에 전자집어등이나 형광 캐미를 단다. 물 흐름의 세기에 맞춰 봉돌 무게를 선택해서 달고 두 개의 낚시 바늘로 빙어의 등과 꼬리에 수

평으로 꿴다. 빙어가 유영하는 듯한 모습으로 갈치를 유인 한다. 다른 어종보다 예민하므로 채비에 신경을 쓴다.

갈치는 미끼를 보고도 입질을 곧바로 하지 않는다. 낚싯대 끝의 초릿대가 한두 번 살짝 숙여지면 긴장을 하고 거치해둔 낚싯대를 잡는다. 잠시 동안 미동도 하지 않아 속은 느낌이 들지만 기다려야 한다. 때로는 허탈하게 가버리므로 힘겨루기가 필요하다. 낚싯줄을 살짝 당기면 무게감으로 아직 물고 있음을 감지 할 수 있지만 챔질을 해서는 안 된다. 팽팽한 줄다리기 상태로 유지하면서 살짝 끌어 보면 갈치도 역시 조금 당긴다. 갈치가 약간 세게 당길 때는 손을 내밀어 초릿대를 바닷물 표면 쪽으로 내려 미끼가 끌려가도록 해준다. 즉 갈치를 안심시키고 기다린다. 갈치도 먹이를 덥석 물고 싶겠지만 내가 챔 질 하고 싶은 충동을 참는 만큼 갈치도 심리전을 하고 있다. 두세 번을 밀고 당기다가 초릿대가 조금 더 숙여지고 끌고 가는 힘이 강하다는 느낌을 받는 순간 챔질을 한다. 갈치를 많이 낚으려면 밀고 당기는 인내와 챔질의 순간포착이 더 가미 되어야 한다.

굵기가 손가락 2개 정도인 크기를 풀치라고 한다. 두께는 가늘지만 길이가 길어서 낚이면 무게감이 있고 손맛이 좋다. 낚아 올린 갈치는 환한 집어등 아래서 은빛으로 반짝거린다. 길게 드리운 등지느러미가 순서대로 가늘게 움직일 때는 부드럽게 현악기를 연주하는 듯하다. 다양한 색이 스펙트럼처럼 춤을 춘다. 배에 달린 등이 밝게 비추는 주변은 바닷물 속 3,4미터까지는 족히 옥색으로 들여다보이고 점점 쪽빛으로 진해 진다. 서해 내만이라 동해처럼 파도가 일지 않아 물표면도 잔잔하다. 초가을 바람까지 살랑이니 뼛속까지 상쾌해져서 도시에서 지친 몸과 마음이 이 순간에 한꺼번에 해소된다.

갈치는 풀치일 때 더 잘 잡힌다. 갈치낚시의 밑당은 이미 기울어진 운동장이다. 나에게만 유리하므로 직장 초년생 때 덜렁거리다 선배나 상사에게 받았던 질책을 보상 받는 듯하다. 사람이나 물고기나 경험이 부족하면 위험에 빠질 우려가 많기는 마찬가지인가 보다. 갈치도 커 갈수록 산전수전 다 겪은 여우처럼 함부로 입질을 하지 않는다.

갈치낚시는 어머니를 떠올리게 한다. 아내와 연애할 때다. 여동생이 혼인한 지 3개월 쯤 지난 터라 내가 결혼을 할 상황이 아니었다. 가을추수라도 해야 장가보낼 수 있지 않겠느냐고 하던 아버지 마음을 돌리게 했다.

신혼 초에 우리부부는 부모님과 1년여를 함께 살았다. 덕분에 5형제 중 유일하게 부모를 모신 아들과 며느리라는 칭찬을 들었다. 함께 살면서 어찌 세세한 사연이 없었겠는가. 어머니와 아내 사이에서의 밀당은 고난이도 기술이 필요했다. 가족끼리의 밀당은 이기고 지는 문제가 아니라 관계를 이어주는 양념이었다. 밀당을 통해 갈등이 해소되기도 하고 잘못해서 일이 더 커져버린 적도 있었다. 대전에서 교육받던 중 온천을 좋아하는 아내 더러 수료시간에 맞춰 유성 버스터미널로 내려오라고 한 일이 있었다. 수료식을 마친 후 동기생들과 볼링시합을 하느라 아내와 약속을 깜박 잊고 2시간 넘게 기다리게 했다. 아내는 처음에는 화가 났다고 했다. 연락이 되지 않자 1시간이 넘어서 부터는 사고가 나서 못 오는가하고 애태우다 나를 보자 얼굴이 밝아졌다. 안도의 숨을 내쉬었다.

평생을 연구했지만 밀당은 아무래도 내가 한 수 아래다. 아내는 당겼다가 밀어주고 끌려가는 척 하면서 이기는 밀당의 고수라고해도 무방하다. '그러면 어쩌랴. 지지고 볶고 사는 게 인생이지' 그러다가도 적당한 때에 서로의 기를 살려주는 것이 센스가 아니겠는가.

현관문을 열고 들어서니 아내가 반갑게 맞는다. 목포로 떠날 때보다는 조금 당당하게 낚시가방과 아이스박스를 펼친다. 수

십 마리 풀치 속에는 구이를 할 만큼 굵은 갈치도 있다며 아내도 미소를 짓는다. 저녁밥상은 큼직하게 자른 무와 고춧가루 듬뿍 넣은 갈치조림이 화끈하게 끓는다. 삶속에 스며있는 밀당도 갈치와 함께 끓는다. 이 가을이 가기 전에 '갈치낚시 한 번은 더 가야지!' 하고 다음 밀당을 그리며 빨간바다를 호기롭게 한 술 떠서 입안으로 꿀꺽 삼킨다.

아름다운 결심

"소방보조감리로 갈 수 있어요?"

사장의 말에 내 귀를 의심했다. 머릿속이 복잡하게 뒤엉켰다. 온갖 생각들이 끼어들면서 혼란스러웠다. 주 업무가 통신감리였지만 이번 현장에서는 한 번도 해보지 않은 소방보조감리를 맡으라고 했다. 경험이 없어 자격이 초급이지만 망설이다가 새로운 일에 도전할 결심을 했다.

"해보겠습니다."

첫 출근하는 날, 현장에는 바람이 매서웠다. 주변에 아파트와 상가가 지어지고 있는 시화방조제 인근의 거북섬이었다. 오래전에 시화공단이 들어선 후 도시가 확장되면서 차츰 매립

되어 섬이 아닌 육지로 변했다. 매립지가 새롭게 테크노밸리로 지정되어 신도시로 개발되고 있다. 주변에 공터들도 있지만 한창 아파트와 상가건물들이 들어서고 있다. 공사현장 위치는 거북이 뒷다리부분이 바다로 볼록하게 나와 있는 곳이었다. 출렁이는 파도가 눈앞에서 펼쳐지고 시야가 확 트여서 차가운 겨울바람이 아무런 방패막이 없이 얼굴을 때렸다. 시화호 바다 건너편에 대부도가 보였다. 대중교통도 연결되지 않았다.

감리실 팻말이 붙은 컨테이너 문을 열고 들어섰다. 안은 밖이나 별 차이 없이 냉기가 여전했다. 정수기 옆에 놓여 있던 물통 하나가 얼어서 볼록하게 부풀어 터지기 일보 직전이었다. 책상 두개와 서류를 넣을 빈 책장과 회의용 탁자가 있었다. 전기히터를 켜도 바로 가열되지 않아 찬바람이 나왔다. 바닷물이 바로 눈앞에서 보여 사무실이 더 춥게 느껴졌다. 보통 건설공사 현장 감리사무실은 착공초기에는 열악한 줄 알고 있지만 심각했다.

소방감리로 현장에 나가기를 망설인 이유는 한두 가지가 아니었다. 소방분야 경험이 없을 뿐더러 주 감리가 회사후배라서 껄끄러운 관계가 되지 않을까 하는 염려도 있었다. 그동안 중심에 있었다가 보조감리 일을 맡는 것 자체가 내키지 않았다. 몇 해 전만 해도 세종특별자치시에서 일천세대가 넘는 아파트 신축공사 현장에 있었다. 3년 동안 책임감리로서 정해진 공기에 준공처리까지 완벽하게 수행했다. 아직 그 자부심이 가시지 않는 상태였다. 언제나 주도적인 역할을 하다가 소방 보조감리를 해야 한다니 유쾌하지는 않았다.

'내 나이가 어때서'라고 위로해보지만 '이제 일을 그만 둘 때도 되었구나.' 하고 스스로 느낀다. 그러나 어찌하랴. 퇴직 후 재취업한지 15년 째 지금의 회사에서 봉급을 받았으니 새로운 현장과 연계되면 회사의 요구대로 나가는 것이 도리다. 순간 알량한 체면이나 자존심 때문에 감정에 치우치면 안 되겠다는 생각을 한다.

소방분야는 처음이지만 내가 통신감리를 하는 사이 옆에서 소방감리 하는 일을 익히 보아왔다. 내 능력과 한계를 향해 도전하기로 했다. 스스로 지금까지 이겨온 역경을 바탕으로 나를 믿고 노력하면 되리라는 확신을 가졌다. 건방지게 자만했던 시절이 뇌리를 스쳤다. 대기업에서 명퇴할 당시 다시는 통신분야에서 일하지 않겠다는 호기를 부리고 추천해준 자회사도 가지 않았었다. 무직생활 일 년을 지내다 보니 일자리를 찾아야겠다는 생각이 저절로 들었다. 내 분수를 알아가기 시작했

다. 전공을 살리긴 했지만 겨우 재취업 일자리를 찾아 지금의
회사에서 감리업무를 시작했다.

거북섬 현장은 올해 자재의 공급불안으로 계획보다 공기가
지연 되었다. 더구나 민원까지 발생해서 준공이 늦어졌다. 상
가분양을 받은 입주자들은 경기가 불안하니 입주를 늦추기를
원하고 소소한 사항까지 민원을 제기 했다.

"스프링쿨러 물 분사각도가 저 천장코너 까지 커버가 되겠
어요?"

"네, 충분히 커버 됩니다!"

주변에서 직장생활 오래 했으니 그만둘 때도 되었다고 말한
다. 아내도 그동안 고생 했으니 이제 좀 쉬라고 한다. 두 다리
로 걸을 수 있을 때 여행도 가야하고 인생도 즐겨야 한다고 조
언하는 사람들도 많다. 그 말이 맞기도 하다. 그렇지만 일할 수
있을 때까지 최선을 다하는 것이 떳떳하다고 생각한다. 나이
들어서도 일을 할 수 있음은 축복이다. 오히려 건강하게 지낼
수 있다. 직장에 대한 소속감이 있어 든든하다. 이번 거북섬 현
장은 바닷가를 날마다 산책할 수 있는 특권을 누릴 수 있으니
무엇과도 바꿀 수 없다. 점심 때 바닷길을 걸으면서 물이 가득
찬 푸른 바다에서 밀려오는 파도에 시름을 싣기도 하고, 쌓인

스트레스도 썰물에 흘려보내기도 한다. 갯벌에서 활발하게 먹이활동을 하는 철새들을 보며 나의 부지런함에 어깨를 으쓱해 보기도 한다.

공사 준공시기가 되면 새로운 현장을 찾아야할지 마음 속에 갈등을 겪는다. 새로운 일을 찾아 회사를 옮겨야 할까. 버킷리스트를 하나씩 실천해야 할까. 저울질한다.

"당진현장에 나갈 수 있으세요? 이번엔 전기 주감리입니다."

사장이 자격관련 인증서류를 발주처에 제출하겠다며 내게 또 물었다.

"좋습니다!"

통신이 아니지만 이번에도 기분 좋다. 새로운 일에 대한 기대가 사뭇 남다르다. '주감리면 어떻고 보조감리이면 어떠랴' 내 나이 일흔에도 일할 수 있어서 기쁘지 아나한가.

구명 튜브

가마미 바다에 물이 빠지고 있다. 초여름의 바다는 신록이 우거진 배경을 두 팔로 품에 감싸 안은 듯하다. 잔잔한 물결이 자박자박 밀려나면 모래바닥에 그림을 그린 듯, 조각을 한 듯, 일정한 무늬를 만든다. 나는 세월의 나이테를 마주하는 것처럼 한 켜씩 쌓이는 모래밭의 이야기들을 듣는다. 하나의 이야기 위에 다른 이야기가 헤아릴 수 없이 밀려오는 것이 인생이 아니던가. 오래 전 가마미 모래밭에 새겨 둔 이야기 하나가 떠오른다. 나는 간만에 추억의 완행버스를 타고 오십년 전 가마미로 떠나본다. 여름에는 가마미까지 직행버스가 생길 정도로 사람들이 붐볐다. 내가 살던 동네는 직행버스가 정차하지 않아서 가마미를 가려면 완행버스를 타야 했다. 마음은 바빠 바다를 향해 달리지만 버스는 속도 모르고 느릿느릿 가마미로 향했다.

입영날짜를 받은 친구들과 좋은 추억을 만들기 위해 가마미 해수욕장을 찾았다. 우리는 산자락과 백사장이 연결되는 곳에 텐트를 치고 주변에 모여 앉았다. 밤바다의 별이 해변에 쏟아지고 시원한 바닷바람이 불어오는 여름밤은 더할 나위 없는 풍경이었다. 거기에 풋풋한 젊음이 더해져 가마미 해변이 더욱 낭만적으로 느껴졌다. 시골에서 늘 보던 별인데도 바닷가에서 바라보니 맑고 총총해서 온 하늘이 내 것인 양 마음을 들뜨게 했다. 대학진학과 취업문제 등 미래에 대한 불안감으로 너나할 것 없이 마음의 여유가 없었다. 첫 시험에 낙방해서 의기소침해 있던 터였다. 어정쩡하게 '재수를 해서 대학은 가야지' 하는 형편이었다.

바닷가에서 집게발이 빨간 작은 게를 몇 마리 잡았다. 라면에 넣어 끓여 먹어도 되는 건지 아무도 몰랐다. 아무래도 어머니가 시장에서 사와 간장에 볶아 반찬으로 먹던 회갈색 게와 생김새가 달랐다. 지척에 바다를 두고 살았으면서도 바다는 큰 마음 먹어야 가는 곳이었다. 그만큼 바다는 가깝고도 먼 곳이었다. 우리는 파도소리를 안주삼아 밤이 늦도록 이야기를 나눴고 앞으로 펼쳐 질 각자의 인생을 점쳐보기도 했다. 곧 입대할 친구가 목소리를 높였다.

"자자, 지금 이 순간을 즐기자!"

우리는 집에 돌아갈 때까지 다른 생각 하지 않기로 약속했다. 지치도록 수영을 하고, 뙤약볕 모래밭에서 몸을 말리다가 다시 바다로 달려가며 1분이 아깝도록 놀았다. 금방이라도 푸른 물이 뚝뚝 떨어질 것 같은 스무 살 청춘들이 넓은 바다를 배경으로 사진도 찍었다. 호리호리한 몸매에 수영팬츠를 입고 한껏 폼을 잡았다. 젊음은 이유 불문, 멋지고 아름다웠다. 주머니 사정이 여의치 않았지만, 특별한 핑곗거리를 만들어 재밌게 보낸 날이었다. 해가 뉘엿뉘엿 넘어갈 무렵, 드문드문 다니는 완행버스를 놓치면 집으로 돌아갈 수 없기에 아쉬움을 뒤로하고 버스 정류장으로 향했다.

시간표를 알아보니 버스가 출발하려면 1시간 30분이나 기다려야했다. 우리는 한 번 더 바다로 나가 돌섬까지 갔다 오기로 했다. 해수욕장에 가게를 열고 있는 일남 형을 찾아갔다. 그는 우리 집 건너편에 살았는데 공부도 잘했고 야무진 청년으로 소문이 났지만 직장을 잡지 못했는지 매년 가마미 해수욕장에서 튜브 대여 등 여름 장사를 했다. 바람을 팽팽하게 넣은 구명 튜브를 산더미처럼 쌓아 놓고 있었다. 우리는 형 가게에 짐을 맡기고 고무튜브를 빌렸다. 돌섬은 소나무 숲에서 거리가 꽤 되어서 튜브 없이 다녀오기는 위험한 곳이었다. 돌섬을 돌아 나오는 바다 수영을 젊은 혈기로 누가 먼저 갔다 오는지 내기를 걸었다. 나는 죽기 살기로 헤엄을 쳐서 돌섬을 돌아 나오는 길이었다. 누군가 물에 빠져 허우적거리고 있었다. 자세히 보니 어린아이가 물 위에 엎어져서 떠 있었다. 순간, 큰일 났다는 생각이 들었고 몸은 반사적으로 튜브를 밀어가며 아이 곁으로 다가갔다. 한 손으로 튜브를 잡고 아이를 안았다.

'튜브를 놓치면 여지없이 죽겠구나!'

그런 생각이 들자 나도 모르게 힘껏 튜브를 잡았다. 조그만 아이가 나를 끌어안는 힘이 너무나 강했다. 네 살 정도 되는 여자아이는 내 목에 매달려 살려고 발버둥 쳤다. 아찔했다. 아이는 울지도 않았다. 나는 물 밖으로 나오자 정신없이 백사장을 가로 질러 일남 형에게 달려가 도움을 청했다. 일남 형이 해수욕장에 있던 임시 보건소를 알려줘서 아이의 생명을 구했다.

지금 생각해보면 참 아찔한 일이다. 버스 시간이 남지 않았더라면 돌섬까지 가는 위험한 내기를 하지도 않았을 것이고, 우리는 가마미에서의 추억을 그저 그렇게 각자 기억하고 있을 것이다. 그날 아이를 살려야겠다는 생각을 한 것은 본능에 가까운 행동이었지만, 내게 구명 튜브가 없었다면 가능하기나 했을까.

사람이 죽고 사는 일이 그리 간단한 일은 아니라는 생각이 든다. 죽을 것 같다가도 기적처럼 살기도 하고, 잘 살아가다가도 느닷없이 허방에 발을 딛기도 한다. 살면서 눈앞이 캄캄해지는 순간을 만날 수가 있다. 나는 그럴 때마다 가마미 바다에서 물에 빠졌던 그 아이를 생각한다. 강산이 수없이 바뀔 만큼 세월이 흘렀지만 튜브를 잡고 필사적으로 헤엄치던 일이 어제 일처럼 선명하다.

이제는 하루가 다르게 낡고 바람이 슬슬 빠지는 튜브지만, 인생의 바다를 건너는 동안에도 여러 번의 고비가 있을 때마다 튜브를 놓치지 않고 잘 왔다.

가마미 해수욕장은 규모는 옛날의 반으로 줄은 듯하다. 나이든 몸이 탄력 없이 주름진 것처럼 좁아 보인다. 모래가 만든 무늬가 바다 쪽으로 갈수록 점점 커지고 있다. 수많은 이야기들이 바다로 나아갔다, 다시 밀려올 때는 스무 살 나의 모습도 함

께 데려온다. 가마미의 바닷바람을 한껏 들이마시며 늙어가는
내 몸을 팽팽하게 부풀어본다. 멀리 돌섬이 손짓을 한다. 아직
도 썩 괜찮은 구명 튜브라는 사실을 증명할 길이 없어 아쉽다.

보리밭 사잇길로

유난히 날씨가 춥다. 영하의 날씨가 계속 이어져 상자 텃밭에 심어 놓은 보리가 걱정 되었다. 눈송이가 파릇파릇 돋아난 보리 싹을 가볍게 덮었다. 하얀 눈발이 차츰 많아지고 뾰쪽한 싹들이 솜이불을 덮는 듯 눈 속으로 숨어들었다. 가느다란 보리 싹이 흰 눈에 묻히는 순간까지 바라보니 마음까지 포근했다.

"파란 싹이 뭐예요?"

"보리예요."

겨울 끝자락인데 상자 텃밭에 파랗게 자란 싹을 보고 뒷집에서 전화가 왔다. 보리라는 말에 정말 신기하다는 듯이 좋아했다. 가을에 도시농업 행사장에서 보리 씨앗을 샀다. 담장 높이에 맞추어 만든 거치대 위에 나란히 올려놓은 텃밭 상자에 보리 씨앗을 심었다. 생각보다 발아율이 좋아 상자 가득 싹이 나왔다. 한겨울에 보리 싹이 푸른빛을 띠고 있으니 관심받을 만도 했다. 가느다란 이파리가 바람에 흔들릴 정도로 싹이 자랐다. 연약하지만 도토리 키 재기하듯 초록빛 끝이 가지런했다. 서울 한복판에서 보리 싹을 보리라고는 생각 못했으리라. 수십 년 만에 서울에서 보리가 자라는 모습을 보니 지난날이 떠올랐다.

이른 봄에 보리밭은 서릿발이 생겨서 흙과 뿌리가 밀착되어 있지 않고 들떴다. 보리를 발로 밟아주어야 흙과 뿌리가 잘 자랐다. 동네에서 떨어진 곳에 과수원이 있었다. 복숭아나무가 크게 자랄 때까지는 나무 사이에 보리를 심었다. 과수원 길이만큼 이쪽에서 저쪽 끝까지 작은 두 발로 밟아주는데 시간이 많이 걸렸다. 긴 보리 이랑을 밟다 보면 지루해서 몸이 뒤틀릴 정도였다. 넓은 보리밭을 걸어 다니다 보면 신에 흙이 덕지덕지 붙었다. 작은 막대기로 신발에 붙은 흙을 떼어 내어야 했다. 조무래기들의 작은 발이 얼마나 많은 도움이 되었을까마는 집안일을 돕는 일이 일상이었다.

그때는 보리밥을 자주 먹었다. 엄마는 밥을 지을 때는 커다란 가마솥에 초벌로 삶아 놓은 보리쌀을 깔았다. 그 위 중앙에 쌀을 조금 넣고 밥을 지었다. 밥이 다 되어도 쌀이 있는 부분은 별로 흐트러지지 않았다. 쌀밥은 할머니와 아버지 밥으로 먼저 담아냈다. 나머지 쌀 몇 톨 남은 걸로 전체 보리밥과 섞어서 우리들의 밥을 펐다. 쌀밥 알을 눈으로 찾아서 셀 수 있을 정도였다. 너나 할 것 없이 어려웠던 시절이었다.

지금도 내게 잊지 못하는 맛이 있다. 시장에서 홍어 한 마리를 사 오면 버릴 것이 없었다. 몸통은 회로 먹었다. 홍어애는 반드시 보리나 쑥을 넣어 국을 끓였다. 어른들은 매우 좋아했다. 나는 홍어가 입에 안 맞았지만 무를 채 썰어 버물린 짠지는 양념 맛으로 먹었다. 홍어애에 여린 보리싹을 넣고 끓인 국은 정말 맛있었다. 적은 양식으로 밥그릇 수를 늘려야 했던 어머니의 애틋함이 기억되는 음식이다.

겨우내 저장해 둔 곡식은 바닥을 드러내고 보리는 아직 여물지 않았다. 먹을 것을 찾아 온 산과 들을 찾아 헤매야 했던 보릿고개가 가장 힘들었다. 세상에서 가장 넘기 어려운 고개가 보릿고개라던 말을 수도 없이 들으며 자랐다. 학교 갔다 오는 길에 누가 먼저랄 것도 없이 보리밭 옆에 둥그렇게 앉았다. 익어가는 보리이삭을 모닥불에 올려놓고 호호 불어가며 손바닥으로 비비면 푸르스름한 보리알만 남았다. 한 움큼씩 입에 털어 넣고 얼굴과 온몸이 까매지는 줄도 몰랐다. 봄이 입 안에서 새싹처럼 돋아났다.

아직도 날이 차갑다. 발로 밟았던 옛 보리밭을 떠올리며 상자마다 손바닥으로 꾹꾹 눌렀다. 밟아야 강해지는 보리를 보며 지난 시간을 돌아본다. 내게도 시간을 견디어 낸 것들에 대한 신뢰가 있다. 녹록찮은 세월, 험한 시절을 건너오는 동안 보리처럼 누웠다가 다시 일어서기를 반복했다. 삶의 어느 마디인들 바람 잘 날 있었던가. 강추위에도 성찰의 시간을 견딘 보리싹이 짙푸르게 단단하다. 바깥세상 꽃소식이야 아랑곳하지 않는다는 듯 보리는 단전에 힘을 모으고 흔들림 없이 서 있다.

"여보, 보릿국 좀 끓여줘!"

보리 한 움큼을 손에 쥐고 나는 집 안으로 들어선다. 거실 바닥이 초록으로 넘실거린다. 청보리밭에 바람이 분다. 어디선가 종달새가 노래한다. 어머니는 보리쌀을 가마솥에 안치고 솥 가운데 한주먹 거리의 쌀을 넣고 불을 지핀다. 밥이 뜸이 들면 어머니는 주걱을 들고 밥을 푼다. 무명 치맛자락이 봄바람에 나부낀다. 어머니인 듯, 아내인 듯 사시사철 푸른 보리밭 사잇길로 걸어오고 있다.

예은이와 1박 2일

예은이와 함께 가는 여행은 마음이 설렌다. 예은이는 초등학교 2학년인 아홉 살 난 귀여운 외손녀다. 아직은 손주가 한 명뿐이라서 모든 사랑을 독차지 하고 있다.

딸은 예은이가 걸어 다닐 수 있는 만한 때부터 여름휴가를 우리부부와 함께 가는 것을 좋아 했다. 나도 마찬가지로 좋아 했다. 보통 피크 때는 각자 계획에 맞춰 다녀 온 후에 다시 여행 삼아 가는 것이다. 예은이가 다섯 살 되던 해 나와 아내, 딸, 예은이 이렇게 넷이서 양양으로 여행을 갔던 일은 멋진 추억으로 잊을 수가 없다. 양양 콘도에 도착한 첫날은 계속 비가 오고 태풍의 여운이 다 가시지 않아서 바람이 세차게 불고 어수

선한 날씨였다. 하루 종일 비가 그치지 않아서 예은이가 좋아하는 바닷가에 나가지 못하고 실내에서 지냈다. 아내와 딸이 사우나 하려고 가는 동안 두 시간정도 예은이를 내가 돌봐주기로 했다. 평소에도 가깝게 사는 딸이 주말이면 아내와 함께 동네 목욕탕에 다녔던 터라 어린 예은이는 우리 집에 두고 가는 경우가 많아서 그럴 때마다 내가 맡아 놀아주곤 했다. 처음에 예은이는 침대 위에서 이불을 둘러쓰고 숨기놀이를 시작했다. 이불속에 숨어 있어도 볼록해 보이는 예은이를 일부러 천천히 찾아 만져주면 깔깔거리며 무척 좋아했다. 예은이는 금방 들키는 술래잡기도 끈질기게 하기를 좋아한다는 것을 이미 집에서도 경험해본 일이라서 꽤 오랫동안 놀아 주었다. 내가 그만하자고 해도 땀을 뻘뻘 흘리면서도 더 하자고 "잉, 잉!" 거짓울음으로 떼를 썼다. 그럴 때 마다 나도 이불속에서 들어가 함께 뒹굴면서 더 놀았다. 에어컨을 가장 세게 조절해두었는데도 땀이 날 정도로 계속 하자고 했다. 예은이는 같은 놀이를 오랫동안 하면서도 싫증을 내지 않는 것이 이상할 정도다. 생각해 보니 나도 어렸을 때, 할머니 방에서 동생이랑 이불 뒤집어쓰며 엄청나게 놀았다. 예은이보다 먼저 지친 나는 비상시를 대비하여 숨겨둔 장난감키트를 꺼내 주었다. 평소에도 차분하게 준비 하는 딸의 세심함이 아기 엄마로서 충분하다고 느껴졌다. 또한 아빠가 자기 딸 돌보는 동안 수고로움을 덜어주려고 세심하게 배려하는 그 마음이 고맙게 다가와서 마음이 찡했다. 장난감은 토끼세트였으며 목 앞부분을 장식할 수 있는 예쁜 스카프 몇 장과 소풍가는데 쓰는 사각형 바구니를 비롯한 몇 개의 소품으로 구성되어 있었다. 장난감토끼 입에 플라스틱 당근을 갔다대면 내장된 센서가 작동해서 오물오물 먹는 시늉을 했고, 등을 쓰다듬어 주면 앞으로 걸어갔다. 어른인 내가 보아도 재미있어 보였다. 예은이는 장난감토끼에게 당근을 먹여주기도 하고, 등을 쓰다듬기도 하며 "할아버지! 어떤 스카프가 더 예뻐?" 하면서 스카프를 바꿔 입히며 놀았다. 처음에는 누워있는 내 몸 위를 중심으로 얼굴에서 가슴, 배, 다리 쪽으로 인형을 잡고 밀고 다니기를 계속 했다. 나중에는 거실의 탁자나 식탁 아래 좁은 사이로 밀고 기어들어 가기도 했다. 나는 다칠까 염려가 되어서 신경이 많이 쓰였으나 예은이는 아랑곳 하지 않았다. 어린아이를 돌보는 일이 무척 어렵다는 것을 직접 체험하고 있으면서도 내 손녀라서 그런지 조금도 밉지 않고 귀엽기만 했다. 더구나 아내와 딸이 사우나 하러 간지 꽤 오래 되었지만 기다려지지도 않았다. 이런 기회에 딸과 친정엄마가 함께 사우나에 가서 여유롭게 즐기며 많은 대화를 나누고 있을 것이라는 생각이 들어서 오히려 흐뭇했다. 어린 예은이와 잘 놀고 있는 내 자신을 스스로 돌아보니 오래전인 딸이 여섯 살 때 함께 속초에 여행 갔던 일이 생각났다. 당시에는 고속버스를 타고 갔는데 버스 안이 답답해서 딸이 많이 울었다. 아내는 엄마로서 버스 안에서 우는 딸을 달래느라 쩔쩔 매고 있었고, 나는 어린 동생은 울지 않는데 더 큰 누나가 운다고 야단을 쳤었다. 그 때는 어른인 내 위주의 여행이었으며 지금처럼 외손녀에게 주는 사랑만큼 살뜰한 마음으로 대하지 못했다. 내자녀들에게는 사랑을 많이 주지 못했다고 생각하니 미안함이 크게 밀려왔다. 나이가 든 지금에 와서야 딸에게 지난날 못해준 사랑에 대한 변명처럼 '예은이에게 대신 사랑을 쏟아주고 싶어 하는 것이 아닌가?' 하는 생각이 들었다. 늦었지만 지금부터라도 딸에게 사랑을 더 주어야겠다고 다짐 했다. 다음날은 다행히 날씨가 좋아서 콘도에서 산책길과 바로 연결된 바닷가로 나갔다. 동해는 역시 앞이 탁 트이고 멀리 수평선에서부터 시원한 바람이 불어와 기분이 상쾌했다. 파란파도가 하얀 거품을 품고 밀려 왔다가 우리들이 서있는 백사장 바닥에서 쫙 뿌려 놓고 도망 가곤했다. 결혼 전 내가 전북 부안에서 근무하던 때 사촌동생과 지금의 아내를 포함한 친구 4명이 변산 해수욕장에 놀러 온 일이 있어 내가 안내를 맡았고 바닷가를 함께 걸으면서 가슴이 뛰었던 때가 떠올랐다. 그때 나를 설레게 했던 지금의 아내에 대한 뜨거운 마음을 상기시키며 지금의 현실이 꿈같아서 혼자 미소를 지었다. 40여년이 훌쩍 지난 후에 사랑하는 아내와 딸과 외손녀까지 함께 편안한 마음으로 바닷가로 여행을 왔으니 보이는 풍경마다 아름답고 강한 바람마저도 감미롭게 느껴졌다. 나는 촉촉한 모래로 까치집을 짓고 모래성도 쌓으며 예은이와 눈높이를 맞추며 놀았다. 나도 동심의 세계로 다시 들어갔고 네 사람 모두 성곽을 쌓으며 하나같이 즐거운 시간을 보냈다. 가끔씩 큰 파도가 애써 지어놓은 까치집까지 밀려와서 무너뜨려도 예은이는 다시 모래집을 짓고 물길도 파면서 싫증을 내지 않고 즐거워했다. 어떤 때는 생각보다 큰 파도가 위쪽까지 밀려왔는데 예은이는 그사이에 들고 있던 장난감 물통으로 재빨리 바닷물을 떠서 담기도 했다. "유미야! 예은이가 재빨리 물 퍼내는 것 좀 봐라! 어떻게 저런 생각을 다 할까?" "예은이는 이번 여름휴가 때 보령해수욕장에서 장난감 통으로 바닷물을 퍼 올리며 놀아봐서 잘 해요!"했다. 이제 다섯 살 밖에 안 된 어린애가 어른들이나 할 수 있는 동작으로 순간에 물을 퍼 올리는 것을 보고 '어린아이도 생각하는 것은 어른과 다를 바가 없구나!' 하고 놀랐다. 한바탕 바다 모래밭에서의 놀이가 끝난 후 콘도 마당으로 올라와서 무선으로 원격 조정 할 수 있는 소형 자동차를 빌렸다. '예은이가 혼자 탈 수 있을까?' 하고 염려를 하면서도 한 대를 빌렸지만 역시 예은이가 혼자서 운전을 하며 방향 잡기에는 너무 어렸다. 내가 무선으로 조정하여 방향을 잡아주곤 했지만 잘되지 않았고 금방 싫증을 냈다. 예은이보다 어려보이는 남자아이는 더 타겠다고 조르며 매우 재미있어 하는 것을 보니 남자아이와 여자아이의 차이를 실감하면서 묘한 생각을 했다. 순간 아들이 친손자를 낳으면 '그때도 이렇게 함께 와야지' 하는 꿈같은 생각도 해보며 상상의 나래를 펴니 은근히 기분이 좋았다. 점심식사 후 바다가 훤히 보이는 전망 좋은 커피숍에서 여유롭고 행복한 시간을 보냈다. 내가 젊었던 시절에 느껴보지 못한 여유와 호사스러움을 만끽하며 아내, 딸, 외손녀와 함께 여행을 자주 오면 좋겠다는 생각을 했다. 서울로 가는 길에 예은이를 위해서 대관령에 있는 양떼목장에 들렸다. 목장으로 올라가는 길 주변과 도랑에 많은 야생화가 피어있어서 눈을 호강시켜주었다. 특히 물봉선의 분홍빛이 선명했다. 예은이는 "와!

예쁜 꽃이다!" 하고 소리치며 "엄마! 음~음, 내가 아기였을 때 할아버지랑 꽃에 물 줬지, 응!"하면서 생수병을 자기에게 주라고 해서 길가에 피어있는 꽃에 물을 주었다. 물론 간에 기별도 가지 않을 정도이지만 예은이는 매우 기뻐했다. 예은이는 우리 집에 오면 더 어렸을 때부터 베란다에 있는 화분에 물을 주는 것을 놀이처럼 좋아했다. 2리터들이 페트병에 물을 받아서 주곤 했는데 혼자서 물병을 들고 주기도 어렵거니와 여러 개의 화분에 적당량의 물주는 것이 불가능하므로 내가 거들어 줄 수밖에 없었다. 물을 줄 때마다 반드시 자기 손이 물병에 닿아야만 할 정도로 적극적이었다. 나는 물주기를 빨리 끝내고 싶지만 예은이가 계속하자는 바람에 언제나 달래서 물주는 것을 끝마치곤 했다. 그런 경험 때문인지 길가에 피어있는 꽃을 보고도 물을 주고 싶어 하는 예은이 마음이 기특해서 "참 잘했다"고 칭찬하며 꼭 안아주었다. 올 봄에 열렸던 서울도시농업박람회 사진전에서 서울특별시장 '우수상'을 받은 일이 있다. 어린 예은이가 텃밭에 심어 놓은 적상추를 꽃으로 알고 물을 주는 모습은 천사가 물을 주고 있는 것처럼 예뻐서 찍어 둔 사진을 제출 했는데 뜻밖에 상을 받았다. 물을 줄 때마다 '꽃아, 잘 자라라!'는 말을 하면서 물을 주었으므로 자연스럽게 꽃에 대한 사랑도 커진듯하다. 목장으로 올라가는 길목의 양들에게 건초를 먹여주는 곳에서 예은이는 무서워서 양 앞에 가까이 가지도 못하고 내 손을 꼭 잡고 건초를 주었다. 양과의 거리를 한 발 치나 멀리서서 엉덩이를 뒤로 빼고 한쪽 손으로 건초를 먹여주는 예은이의 자세는 웃음을 자아내게 했다. 조금 위쪽으로 올라가서 양을 방목하는 곳에서는 울타리아래쪽에 밖으로 삐져나와 자란 생풀을 내가 손으로 뜯어서 주었더니 예은이도 금방 나를 따라서 자연스럽게 먹이를 입에 대어 줄 정도로 양과 친해졌다. 어린아이도 순한 양의 반응에 따라 적절하게 대처하는 것을 보고 또 한 번 놀랐다. 주차장으로 내려오는 길에 예은이는 "할머니 업어줘!"하면서 아내에게 어리광을 부렸다. 오랫동안 목장을 구경하느라고 꽤 많이 걸어 다녀서 힘이 들만도 했다. 아내는 혼자 말처럼 "우리에게 이렇게 기쁨이 되는 큰 선물을 주신 하나님께 감사 한다"고 하면서 기꺼이 예은이를 업었다. 나도 그런 아내의 마음에 동감하며 예은이가 더 사랑스럽고 고맙게 여겨졌다. 낮은 능선을 따라서 넓게 펼쳐진 풀밭에서 한가로이 풀을 뜯는 양떼를 배경으로, 할머니의 등에 업힌 손녀의 행복해 하는 모습은 내가 화가라면 스케치라도 해 두고 싶을 만큼 멋있는 장면이었다. 아까워서 사진만 찍었다. 예은이와 함께한 1박 2일의 여행은 나를 오랜만에 동심의 세계로 이끌어 주었고 가족에 대한 소중함과 끈끈한 정을 더 실감 있게 나눌 수 있는 즐거운 여행이었다. 예은이와 1박 2일은 매년 이어지고 있다. 유미는 자기가 어렸을 때부터 이곳저곳 다니기를 좋아하는 나와 아내를 위해서 함께 가는 계획을 세우는 것이고, 나는 예은이와 함께 가는 즐거움에 더 적극적인 것이다. 여행은 누구와 함께 가느냐가 가장 중요하다고 본다. 친정엄마, 딸, 외손녀 삼대의 구성은 환상적이지 않는가. 거기에 따라가서 운전해주는 나는 가장 편한 가족구성원으로서 사랑을 베풀고 사랑받을 수 있는 할아버지이며, 아빠, 남편이기 때문에 함께 여행을 다닌다는 것은 정말 즐거운 일이다. 내년 여름에도 예은이랑 함께 여행갈 생각을 하니 벌써부터 마음이 설렌다.

물위를 걷는 새

강물을 거슬러 오르는 물고기

들판에 벼 이삭이 빠르게 영그는 가을이다. 이맘때쯤부터 밤에 횃불 들고 물고기 잡으러 강으로 나갔던 일은 잊을 수가 없다. 물고기를 잡으러 강으로 가는 것 자체가 신나는 일이다. 달빛에 비친 하늘뿐만 아니라 강물도 엷게 푸르렀고 흐르는 구름 사이의 달 주변 하늘이 유난히 깊다. 여름 내내 보를 넘어 자르르 쏟아 내리던 물이 아래쪽에서 부딪혀 소용돌이 칠때 물거품은 깨끗하다. 아래 자락으로 무리 지어 오가는 물고기는 눈에 띄어도 낮에는 그림의 떡이다. 수문이 열리는 가을철에는 강물 전체가 줄어들고 망다리보 아래는 깊지 않은 넓은 호수로 변한다.

영산강의 지류인 황룡강이 마을에서 멀지 않았다. 가을걷이
가 시작될 즈음, 물이 줄어든 강에 나가 밤에 물고기를 잡았다.
달빛이 흐르는 가을밤은 허벅지까지 강물에 잠겨도 춥지 않아
횃불을 들고 망다리보로 향했다. 시골집에는 가리가 두 개 있
었다. 하나는 대나무 겉껍질이 있는 채로 고르게 쪼개어 매끈
하게 다듬어 만든 것이었다. 가느다란 군용전화선으로 부채꼴
로 꼼꼼하게 엮어서 날렵했다. 무겁지 않아서 쉽게 들고 다닐
수 있었다. 다른 하나는 대나무 속을 엷게 쪼개서 듬성하게 엮
어서 만들었으므로 높이는 낮고 폭은 넓었다. 병아리를 여러
마리를 가두어 키우기는 좋지만 속대로 만들어져서 약했다.
암탉들도 봄이 되면 병아리들을 부화한다. 병아리 키우는 데는
넓은 가리가 좋지만 이내 부서졌다. 폭은 좁지만 날렵하게 생
긴 가리는 단단해서 고기잡이용으로 맞춤하였다. 육촌형까지
동원해서 밤에 물고기 잡으러 갈 때마다 가볍고 단단한 가리
를 꼭 가져갔다. 횃불은 형들이 직접 만들었는데 헌옷이나 솜
으로 주먹 두세 개 크기의 뭉치를 만들어 철사로 묶어 막대기
끝에 달았다. 방앗간에서 폐유를 얻어 석유와 섞어 깡통에 담
고 의기양양하게 냇가로 나섰다.

달빛이 있는 가을밤은 참 상쾌하다. 옷을 입은 채로 밤에 물

속을 걸어가는 재미 또한 상쾌하다. 보통 망다리보 아래쪽 송
동 뒷산 부근까지 내려갔다가 올라온다. 반대로 보 위쪽인 봉
정마을 앞을 지나 천인 보 아래까지 올라갔다가 다시 망다리
보로 내려온다. 육칠 킬로미터를 족히 오르내리게 된다.

　물고기도 밤에는 잠을 자는 듯했다. 보 아래 물속에는 크고
작은 고기들이 많았다. 밤이라서 그런지 움직임이 적어서 잡
기가 수월했다. 물고기들이 조용히 있는 모습은 참 신기했다.
내가 한번 가리로 가두어 잡고 싶은데 형들은 작은 물고기는
거들떠보지도 않았다. 강줄기를 따라 오르면 어떤 때는 큰 물
고기가 강물 따라 동굴 동글 굴러서 오기도 한다. 물고기를 발
견하면 살그머니 다가가 가리로 가두어 손을 넣어 휘저어서
잡아냈다.

　도림다리 부근의 느티나무 지대는 메기가 잘 잡혔다. 어느
해는 엄청나게 큰 메기를 보고 놀란 일도 있었다. 나는 그곳을
지날 때는 물속으로 걷지 않고 백사장으로 나가 걸었다. 형들
은 허리춤까지 들어가 물속을 거닐면서 큰 고기를 노렸다. 물
위로 날치나 누치가 여기저기서 뛰어올랐다. 이때 가리로 재
빨리 찍어 가두는 것이 기술이다. 가볍고 날렵하게 생긴 우리
가리가 적격이었다. 육촌 형이 어깨까지 깊숙이 팔을 넣어 잡

아내는 큰 고기를 볼 때마다 모두 환호했다. 고등학생 때는 내가 직접 잡기도 했다. 빠르게 움직이는 물고기를 가리를 휘둘러 가두는 동작은 혈기 왕성할 때가 아니면 놓치기가 쉬웠다. 아가미 부분을 잡아 물고기를 꺼내어 팔을 높이 들고 흔들어 댔다. 횃불에 비친 물고기의 은빛 비늘은 물방울이 뚝뚝 떨어지는 싱싱함을 얹어 번들거렸다. 강줄기를 따라가며 가리 찍기로 밤물고기 잡기는 수확량이 많았다. 그 시절엔 민물고기가 단백질 보충하는 방법이기도 해서 자주 다녔으며 고기를 많이 잡으면 기분이 좋았다. 낚시 가면 손맛 보는 재미로 잡은 고기를 놓아주는 여유를 부릴 만큼 지금은 풍요로운 세상이 되었다.

　물고기 잡기는 어떤 방법이건 재미가 있다. 가을에 들판에서 논으로 물을 대는 수로의 물길을 잠시 논고랑으로 돌리고 작은 고기를 잡아내거나 진흙을 파내 미꾸라지를 잡을 때는 흙탕물 속에서 뒹굴어도 즐겁다. 망다리 보 밑에서 물고기 잡는 날은 구경만 해도 좋다. 물길 한쪽을 흘러가도록 옆으로 내어 놓고 다리 아랫부분만 막고 물을 퍼냈다. 어른 두 사람이 마주 서서 두레로 반나절은 걸러 물을 퍼내면 그 속에는 물고기들이 버글거렸다. 힘든 물고기잡이지만 어획량이 많았다. 이런저런 물고기잡이 중에 아무래도 내가 가장 재미있어하는 물고기 잡기는 횃불 들고 밤에 강줄기를 오르내리는 일이다. 횃불과 가리, 석유 등과 같이 준비할 일과 적절한 도구들이 필요하지만 큰 물고기를 잡을 수 있고 깨끗하게 많이 잡을 수 있어서다. 더구나 가을밤 물속을 한껏 첨벙이며 걷는 재미까지 누릴 수 있으니 두말할 필요가 없다.

복잡하고 어렵지만, 준비를 잘하고 여건에 맞는 방법을 선택하면 물고기를 많이 잡을 수 있다. 지금도 큰 물고기를 많이 잡기 위해 가을 저녁달이 뜬 날을 기다린다. 밤새껏 물속을 헤치며 강물을 거슬러 오르는 물고기처럼 나는 횃불을 들고 강으로 나간다. 가을 들판이 무르익어 간다.

검은머리물떼새

봄바람에 물결이 아롱진다. 바닷물이 갯벌을 삼키고 갈매기가 파도타기를 시작한다. 거북섬 물골에 발목을 담그고 서 있는 새 한 마리가 내 눈에 들어온다.

"아니, 저렇게 멋쟁이 새가 있다니!"

나는 눈을 떼지 못하고 감탄사를 연발했다. 선명한 주황색 긴 부리에 검정과 흰색이 어울려 마치 연미복을 입은듯했다. 머리와 등 전체가 까맣고, 날개를 타고 내리면서 아랫배까지는 흰색으로 덮여 있어 흑백의 대비가 분명했다. 날개를 펼칠 때는 흰색과 검은색이 조화롭게 배열되어 신발회사 심벌을 보는 듯했다. 눈은 동그란 빨간색 중앙에 검정 구슬이 박힌 듯 뚜렷했고 다리는 붉은 부츠를 신은 것처럼 보였다. 이름만 듣던 검은머리물떼새였다. 천연기념물이라 귀하기도 했지만, 외양이 너무 아름다워 눈에 띄었다.

바다 쪽 넓은 공터에는 아직 땅을 다 고르지 않아 이곳저곳에 물웅덩이들이 많았다. 주변에는 갯가와 육지에서 자라는 풀들이 듬성듬성 섞여 자랐다. 검은머리물떼새는 풀숲이 아닌 자갈과 흙이 있는 맨땅에 알을 낳았다. 내 눈에는 아주 열악한 장소였다. 작은 돌들을 조금 밀치고 약간 땅을 파헤쳐 오목하게 만든 자리에 알을 낳고 품었다. 경계심이 많아 가까이 가면 종종걸음으로 거리를 두고 도망갔다. 어느 날은 이상한 행동을 했다. 내가 다가가자 다친 듯 쓰러져 날개를 하나 펼치고 있었다. 놀라서 가까이 다가가면 또 저만치 도망가다가 쓰러졌다. 알 낳은 둥지를 들키지 않으려고 적을 멀리 유인하기 위한 행동임을 나중에 알았다.

봄이 되니 새끼들이 보이기 시작했다. 아직 어미처럼 멋진 색을 띠지는 않았지만 모양새는 어미를 닮았다. 보통 두세 마리가 어미를 졸졸 따라 다녔다. 새끼들과 함께 있을 때도 거짓으로 다친 듯한 날갯짓을 보여 새끼들이 있는 곳으로부터 나를 멀리 유인했다. 검은머리물떼새의 새끼 사랑이 사람 못지않았다. 볼 때마다 감동이었다. 검은머리물떼새들이 공사현장 주변에 알을 낳는 이유는 무엇보다도 해안 개발로 인해 본래의 서식지를 잃어버린 탓이었다.

송도 바다를 매립한 지역에 차츰 수많은 아파트와 상가들이 들어섰고 사람들이 입주했다. 아직은 새들의 둥지가 있는 공사 지역까지는 사람들이 오지 않았다. 포스코건물이 들어서는 뒤쪽 공터에 갔을 때였다. 동료와 함께 전에 알을 보았던 둥지 부근에서 어미가 새끼 한 마리를 달고 다녔다. '드디어 새끼를 낳았구나!' 하고 기뻐서 둥지를 찾아보았다. 누군가 벽돌만한 돌로 둥지를 빙 둘러쌓아 두었다. 그 속에 새끼 한 마리가 죽어 있었다. 죽은 지 얼마 되지 않은 듯했다.

"누가 이런 어리석은 짓을 했을까?"

나도 모르게 탄식이 흘러나왔다. 누군가 알을 보호한답시고 돌로 둥지 주변을 담장처럼 쌓아 두었다. 어미가 알은 품고 부화할 때까지는 문제가 없었겠지만 새끼가 둥지를 벗어나기에는 돌이 너무 높았다. 늦게 태어난 약한 새끼는 돌을 넘지 못하고 죽은 것이 분명했다. 자연생태는 인간의 손이 가지 않고 그대로 두는 것이 더 안전하다는 사실을 목격했다. 알을 품어서 어렵게 부화를 했는데 인간의 무지로 새끼를 죽이고 말았으니 참으로 안타까웠다.

매립지 끝에는 콘크리트 방파제가 길게 설치되어 있었다. 방파제 따라 전기와 통신시설 설치 공사가 계속되어 날마다 바닷가에 나갔다. 경계하며 접근을 허락하지 않던 새들도 방파제 위에 줄줄이 서 있을 때는 웬만큼 가까이 다가가도 옆걸음으로 조금씩만 이동했다. 어린 시절 친구들과 양지바른 곳에 비좁게 서 있다가 한사람 더 들어오면 한 발짝씩 옮겨주었던 일이 생각났다.

세상 모든 이치가 그러하겠지만 내 모습을 보고 있는 듯 씁쓸하다. 나이 들어감에 따라 점점 설 자리가 없어지고, 예전에 몸담았던 직장의 화려했던 시절도 이젠 퇴색된 지 오래다. 구부러진 등이 왜 그런지 모르게 허전하다. 어퍼컷 한 방 제대로 날려보지 못한 인생이었지만, 이제는 후배에게 자리를 기꺼이 비어주고 물러나 있다. 다행스럽게도 그만그만하게 살아온 것이다. 해안가에 서 있는 검은머리물떼새가 자꾸만 눈에 어른거리는 이유다.

봄이 깊어지고 있다. 검은머리물떼새 한두 쌍이 눈에 띈다. 정착할 장소를 찾아 두리번거린다. 욕망을 삼키고 불안을 등에 지고 어두운 골목길을 걷던 젊은 날의 내 모습이 그 위에 어룽

진다. 밥벌이 걱정, 취업 걱정, 살아가는 걱정까지……. 차고
기우는 시간이 흐르는 동안 검은머리물떼새는 바다를 향해 침
묵으로 흐른다.

물 위를 걷는 새

물닭 무리들이 잔잔한 수면 위를 뛰듯이 걷는다. 초겨울 햇살에 물방울이 튕겨지며 천변은 겨울잠에서 깨어난다. 겅중겅중 물 위를 뛰어가던 녀석이 기어이 날아오른다. 공중을 몇 바퀴 날다가 물 위에 다시 앉더니 고개를 돌려 나를 빤히 바라본다. 하얀 이마와 검은 깃털로 덮여서 강렬한 인상을 준다. 나들이용 슈트 한 벌을 갖춰 입은 듯 맵시가 깔끔하다. 녀석은 네게 보란 듯이 머리를 물속으로 처박고 꼬리를 하늘로 향한다. 뒤이어 한 마리, 두 마리, 세 마리, 헤아릴 수 없이 모여든 물닭들이 궁둥이를 쳐들고 무자맥질 중이다. 나는 녀석들의 일거수일투족에 시간을 잊고 빠져든다.

중랑천은 겨울 철새로 부산스럽다. 살곶이 다리 부근 깊은 물에 물닭들이 모여 있다. 사람이 가까이 다가가도 놀라지 않는다. 안마당에 뛰놀던 닭의 유전자가 내재되어있어 그런 건 아닌가 싶다. 녀석들은 영락없이 장닭이 뛰어가는 것처럼 물 위에서 도움닫기 한다. 일대는 강폭이 넓기도 하거니와 물의 속도 조절을 위한 낮은 수중보 두 개가 백여 미터 간격으로 있다. 소용돌이치는 곳, 여울지는 곳, 물살이 센 곳, 느린 곳, 깊은 곳, 얕은 곳, 작은 돌무더기 섬, 흙과 풀 더미가 만들어져 철새들이 모여든다. 북쪽 나라에서 수천 킬로미터를 날아 중랑천에 터를 잡은 철새는 대부분 물닭이다. 차가운 물가에서 혹독한 추위를 견뎌내는 목숨붙이들에게 눈을 떼지 못하는 이유는 그들의 모습에서 나를 발견하기 때문이다. 흔들리면서도 중심을 잃지 않으려고 물닭은 발부리에 얼마나 힘을 주고 서 있을까.

나는 오래전부터 물 위를 걷듯이 살았다. 잰걸음으로 빠르게 달리지 않았으면 인생의 망망대해에 빠져버릴 수도 있었다. 종잡을 수 없는 거리를 떠돌며 밥벌이를 했다. 새끼 입에 먹이를 넣어주는 물닭처럼, 가장으로 의무를 완성해나가는 사이에도 나는 종종 엉뚱한 꿈을 꾸었다. 바람에 펄럭이며 새들처럼 만리장천을 건너고 싶었다. 현실에 발을 딛고 살면서도 내 마음 안에 끝내 가둘 수 없었던 바람의 냄새가 코끝에 항상 떠돌았다. 그런 날이면 나는 주섬주섬 낚시 도구를 챙겨 바다로 향했다. 고기를 낚는다는 그럴싸한 핑계를 댔지만, 물고기는 잡아도 그만, 안 잡아도 그만이었다. 더는 버틸 수가 없을 만큼 지칠 때는 넓은 바다를, 강을, 저수지를 휴일마다 찾아다니며 세월을 낚았다.

통신과 방송시설이 통합되어 본사에 새로 생긴 부서로 전근 갔다. 그곳에서 나는 기름의 물 같은 존재였다. 전국 장거리 통신망을 총괄하던 부서에서 근무했던 내게 방송사에서 온 사람들과의 협업은 무척 생소했다. 그쪽 사람들과 업무를 진행하면서 많이 힘들었다. K부장은 시행문이 외부로 나가기 전에 일일이 확인했다. 문서에 오자나 탈자를 본다든가 내용을 확인하는 것은, 상관으로서 당연하다 여겼다. 그렇지만 K부장은 결벽 증상에 가까울 정도로 까다롭게 굴었다. 사규에 적힌 예시대로 위와 아래 좌우 여백이 맞는지 용지에서 글자 시작과 끝을 자로 재어 보기까지 했다. 방송망 부서와 연관된 일을 처리할 때마다 내 머리카락이 한 움큼씩 빠졌다.

한두 달이 지난 어느 날이었다. 아침에 자고 일어났더니 얼굴이 굳어버렸다. 웃으려고 해도 웃을 수 없었고, 울래야 울 수도 없었다. 엎친 데 덮친 격으로 K부장은 기존 통신 중계소와 방송 송신중계소 간 타합선 구성 방안을 강구하라고 했다. 타합선 연결이 불가하다고 나는 의견을 제시했다. 방송 송신중계소 몇 개 국소를 위해 불필요하게 많은 투자를 할 필요가 없다는 소신도 밝혔다. 그러는 사이, 굳어버린 얼굴을 가릴 처지도 못 되었고 병원과 회사를 오가며 이 악물고 버티었다. 대부분의 직장인들이 그러하겠지만, 재킷 안 주머니에 사직서를 넣고 다니면서 만지작거리기만 했다. 가족들의 얼굴이 어른거려서 단 한 번도 꺼내서 보란 듯이 내던지지 못했다.

떠나지도 머물지도 못하며 어정거리는 시간을 보낼 때마다 나는 물닭처럼 물 위를 달린다. 한쪽 발이 물에 빠지기 전에 다른 쪽 발을 앞으로 내디딘다. 무릇 생명이라는 것은, 에너지가 소진될 때까지 혼신의 힘을 다해 살아내는 것이 아닐까. 중랑천은 목숨 걸고 찾아온 물닭들의 치열한 삶의 현장이다. 내 생의 시곗바늘이 반환점을 한참 지나 돌아오는 중이다. 가슴 두근대는 일이 더는 일어나지 않는 요즘, 뒤늦은 호기심이 물닭에게 온통 쏠려 있다. 마당에 뛰어다녀야 할 닭이 물에 사는 이치를 사주팔자 타령으로 넘기지 못하는 이유다. 지난날의 어려움도 지나고 보면 먼지 티끌 같은 게 세상살이라는 것을 이제 깨닫는다. 종이처럼 가벼워진 몸으로 나는 물닭의 등에 올라탄다. 겨울 하늘 끄트머리에 물닭 한 마리가 정성을 다해 날아오른다.

2023년 계간 선수필 『물 위를 걷는 새』 신인상

진실의 맛

우럭은 입이 큰 바닷물고기다. 아귀만큼은 아니지만 먹이 욕심이 강하고 공격적이다. 먹이는 갯지렁이, 새우, 오징어, 미꾸라지 등 가리지 않는다. 루어를 사용해도 대체로 잘 잡히는 편이다. 물론 양식도 많이 해서 귀한 대접을 받는 어종은 아니다. 값이 다른 바닷물고기에 비해 비싼 편이 아니다. 우리가 잘 아는 광어와 값이 비슷하다. 식감이 광어보다 쫀득하다. 매운탕 또한 깔끔해서 인기가 있다.

우럭낚시는 채비도 간편하다. 낚싯대는 돔을 낚는 낚싯대보다 짧고 끝부분 초리대도 탄력이 별로 없이 뭉텅해도 괜찮다. 선상에서 배 바로 아래 바닥까지 낚시를 내리고 고패질을 하면 된다. 물 흐름의 세기에 따라 추의 무게를 바꿔단다. 물이 강하게 흐를 때는 무게가 100그램 이상 되는 추를 쓰고 보통은 80그램짜리를 쓴다. 선상에서 릴낚시를 많이 하는데 우럭이 입질을 할 때 손에 잡고 있는 낚싯대에 전달되는 감각으로 챔질을 해서 끌어올린다. 우럭은 바다 바닥이 암반인 지역에서 잘 낚인다. 인공구조물인 콘크리트 어집을 투하한 지역에서는 큰 고기가 잡힌다. 입질이 왔을 때 챔질을 하면 바닥이나 구조물에 낚시 바늘이 걸리기도 하지만 고기가 물었을 때는 대체로 잘 빠져 올라온다. 추의 무게가 무거워서 릴에 달린 고기무게와 더해서 릴을 감아 끌어 올릴 때 손맛이 짜릿하다. 우럭은 주로 서해에서 많이 잡히며 다른 낚시에 비해 허탕 치는 경우가 없다.

나는 바다낚시를 좋아한다. 마음먹고 백령도에 간 적이 있었다. 여행 겸 우럭낚시도 할 요량이었다. 캄캄한 백령도의 여름밤에 별들이 유난히 빛났다. 도시에서 볼 수 없었던 별들은 가슴을 설레게 했다. 가는 모래로 다져진 사곶해변을 걷는 동안 발바닥 감촉이 생경했다. 시원한 바닷바람을 깊이 마시고 길게 내쉬며 상쾌함을 마음껏 누렸다. 긴 모래 해변 길을 걷다가 발걸음을 서둘렀다.

콩돌해변은 자잘한 돌들이 꽤 넓고 길게 펼쳐 있었다. 조금 큰 파도가 밀려오면 둥그런 돌멩이들이 사그락거렸다. 신발을 벗고 물속을 걸으니 발바닥뿐 아니라 몸속까지 시원했다. 두무진의 모습을 보니 탄성이 절로 나왔다. 물속에 우뚝 서 있는 어마어마한 바위들이 오래전부터 지금까지 신비를 안고 바다와 잘 어울려 있었다.

"어찌 저런 멋진 자태를 보이고 있을까?"

파도와 바람에 깎여서 다양하면서도 겹겹이 정리해 놓은 듯한 바위의 모습은 감탄을 자아냈다. 상부는 뾰쪽한 바위들을 비롯해서 특이한 모습으로 이루어져 멋이 있었다. 깎아지른 해안 절벽들이 바다와 어우러져 수억 년 동안 자연이 만들어 낸 모습은 언제 보아도 질리지 않을 것 같았다. 오후에 배를 빌려 낚시를 했다.

"개우럭이다, 개우럭!"

여기저기서 환호가 터졌다. 낚시꾼들은 커다란 우럭을 개우럭이라고 부른다. 개우럭 잡겠다고 새벽에 출발해서 신진도 앞 먼 바다까지 가서 잡았던 씨알보다 더 굵었다. 보통 인천이나 태안 앞바다는 수많은 배들이 낚시꾼들을 싣고 경쟁하듯 오갔다. 어쩌면 우럭의 씨가 마르지 않을까 할 정도로 낚시 배들이 많았다. 백령도 주변 바다에는 낚시 하는 배는 우리가 탄 배 뿐이었다. 다른 지역보다 커다란 우럭이 잘 잡혔다. 백령도 앞바다는 우리들 차지였다.

친구는 우럭 몇 마리는 회를 뜨고 통째로 탕을 끓인다고 했다. 당연히 매운탕을 내어 올 줄 알았다. 뜻밖에 작게 잘린 파만 몇 개 떠 있는 맑은 국으로 끓여와 소금으로 간을 맞추더니 먹으라고 했다. 처음 먹는 우럭맑은탕은 기가 막히게 개운했다. 낙지 연포탕이야 흔히 먹었지만 우럭을 매운탕이 아닌 맑은탕으로 먹어보기는 처음이었다. 역시 발상의 전환을 새로운 사실을 깨우쳐 주었다. 우럭맑은탕을 담아낸 그릇은 주둥이가 컸다. 푸짐하고 넓은 모양이 바다를 연상케 했다. 백령도 바다를 다 마실 만큼 국물 맛이 좋았다. 나는 백령도에서 우럭맑은탕을 먹어본 뒤로 우럭낚시를 다녀오면 원만한 크기도 맑은탕을 끓이게 했다. 얇게 자른 무 조각과 파 숭숭 썰어 넣어 소금으로 간을 하면 맛이 시원하고 깔끔하기가 이루 말할 수 없었다.

아무런 판단도 하지 않은 맛이랄까. 순도 백퍼센트의 홀릭이다. 은은하게 스며드는 순한 구수함이 입 안에 오래 남아있다. 요란하지 않고 수수한 우럭맛의 매력에 나는 흠뻑 빠져든다. 우럭은 커다란 입으로 백령도 푸른 바다를 다 마신 것이다. 그러지 않았다면 아무도 흉내 내지 못할 진실의 맛을 낼 수 없을 것이다. 백령도 우럭이 나를 일깨운다. 사는 게 뭔지 알 수 없어도 한 가지는 분명하게 말할 수 있을 것 같다.

"답은 진실이야."

선유도에서 길을 잃다

봄꽃이 흐드러지게 피어나더니 며칠 사이에 바람에 흩날리듯 꽃이 진다. 세상사 눈 깜짝할 사이라더니 어느새 봄이 깊다. 마음에 봄바람이라도 든 것일까. 자꾸만 바깥으로 나가고 싶던 차에 오랫동안 벼르던 여행길에 나선다.

얼마 전에 연륙교가 놓여 자동차로도 갈 수 있는 고군산 군도에 있는 선유도로 향했다. 차창 밖으로 보이는 봄 바다는 꽃봉오리처럼 부풀어 오르고, 내 마음도 덩달아 설레었다.

꼭 한 번 가보고 싶었던 섬이었다. 60년대 말에 '수학여행'이라는 영화에 소개된 선유도를 보고 막연하게 생각했다. 순수한 아이들의 모습과 자연 그대로인 섬의 풍광에 내 마음을 빼앗겼다. 오랜 시간이 흐르는 동안 밥벌이 하느라 잠시 잊고 있었다. 인생이 어쩌면 봄꽃처럼 찰나가 아닐까 하는 생각이 드는 순간 나는 미뤄두었던 숙제를 하듯 선유도에 닿았다.

옛 자취는 온데간데없이 사라졌지만 해변이나 마을길은 리어카가 다닐 만큼 폭이 좁아서 걷기에 적합했다. 선유도에서 장자도를 잇는 다리는 아예 차가 다닐 수 없도록 만들어 느리게 걸으며 섬을 느낄 수 있었다. 투박하지만 정이 넘치던 순수한 이미지가 군데군데 남아 있기도 했다.

나는 주차장 옆에 우뚝 선 전망탑을 보고 깜짝 놀랐다. 사람들이 길게 줄을 서 있었다. 짚 라인을 타는 곳이었다. 바닷바람을 맞으며 하늘을 날아가는 기분은 어떤 것일까 하는 호기심이 생겼다. 한 시간을 기다려서 짚 라인을 겨우 탈 수 있었다. 45미터 전망탑에서 700미터 떨어진 솔섬까지 눈 깜짝할 사이에 도착했다. 빛의 속도로 날아가는 바람에 멋진 선유도의 풍경을 그만, 놓쳐버렸다. 편리했지만 섬에 어울리지 않는 문명의 이기라고 생각되었다. 영화에 나온 아이들이 서울 구경을 나서듯이 나는 호기심 가득한 눈으로 선유도 구경을 나섰다.

영화 '선유도'에는 픽션이 가미되었겠지만 문명의 손길이 닿지 않은 오지의 섬이었다. 고인이 된 배우 구봉서와 문희가

주연이었다. 섬으로 발령받은 초등학교 선생님이 아이들과 수
학여행을 다녀오기 위해 돈을 모아 떠난 섬 아이들의 서울나
들이를 재밌게 그렸다. 배를 타고 처음 육지로 나와 기차를 보
고 바퀴가 어떻게 굴러 가는지 궁금해 하며 신발을 벗고 기차
타는 순박한 모습을 보여주었다. 한 번도 보지 못한 자동차와
전깃불을 보고 아이들이 신기해하고 놀라는 모습이 더 흥미로
웠다. 그때 그 아이들은 지금 어떻게 살아갈까, 그런 생각이 들
었다. 어디선가 자기 몫의 삶을 묵묵히 잘 살아내고 있을 아이
들을 떠올리며, 나는 처음으로 섬에 여행 온 도시 촌놈이 되어
명사십리 해수욕장을 걸었다.

사각거리는 모래의 감촉은 부드러웠다. 백사장에는 커다란
소라껍질 조형물이 보였다. 섬의 내력을 들려 줄 생각조차 없
는지 소라는 입을 굳게 다물고 있었다. 어리둥절해 하는 나를
향해 바닷새들이 일제히 날아올랐다.

"끼룩 끼룩."

옛 친구처럼 뭐라고 내게 말을 거는 것만 같았다. 나는 반가
운 마음에 손을 흔들어 화답을 했다. 선유도를 마음속으로만 그
리며 지낸 시간들이 빠르게 스쳐 지났다. 까마득히 잊고 사는
동안에도 불쑥, 우연에 기대어서라도 선유도를 찾게 되면 가슴

뭉클하게 했던 영화의 주인공들을 만나보고 싶었다.

바다는 섬을 삼킬 듯이 달려오다, 언제 그랬냐는 듯이 매정하게 뒤돌아선다. 세상사 이치가 그러한가. 나는 숨을 깊게 내쉬면서 바람의 냄새를 맡는다. 그리운 것들을 만나고도 머물지 못하고 이내 떠나는 파도처럼 내 마음이 선유도를 넘나들고 있다.

해맑은 친구들의 검게 탄 얼굴이 수평선 저 너머에 어른거리고 다가가면 더 멀어지는 풍경이 영화와 현실 사이에서 시소를 탄다. 종잡을 수 없이 변해 버린 선유도 바다 앞에서 나그네가 되어 낯선 길을 묻는다. 스무 살의 나를 사로잡았던 선유도는 어디 있는가. 서울 친구들로부터 리어카를 선물 받은 섬 아이들이 선유도를 서울처럼 잘 사는 곳으로 만들겠다는 포부를 밝히고 섬으로 돌아가는 기차에 오르던 영화의 엔딩 장면이 눈에 선하다.

오래되고 낡은 것들은 허물고 다시 짓는 것이 마땅하지만 통통배 정겨운 소리와 정감 넘치는 아이들의 함성은 어디에서 듣는단 말인가. 매끈하고 세련된 다리가 섬을 잇고, 초 단위로 교신하며 바다 위를 누비는 최신형의 유람선은 미끄러지듯 바다 위를 오간다.

　기술과 상상력이 이끌어 가는 세상에서 신선이 노닐 듯이 여유작작할 수만은 없겠지만, 거대 자본의 속도에 멀미가 날 때도 있다. 그럼에도 불구하고 나는 어제도, 오늘도 습관적으로 앞으로만 달린다. 그럴 때면 선유도 바닷가에 소박한 집 한 채 지어놓고 좋아하는 낚시나 실컷 하면서 살고 싶다는 생각을 한다.

　파도가 만들어 놓은 모래언덕에 해당화 만발하고, 아름드리 소나무가 우거질 만큼 세월이 흘러도 사는 일에 완성이 어디 있는가. 여기까지 나를 불러들인 것도 낯선 풍경 앞에 나를 세워두는 것도 모두 선유도의 뜻일 것이다.

　봄이 짧다. 꽃이 지고 난 자리에 새 잎이 돋아나듯, 바닷바람에 몸을 맡기며 삶의 한 점에 닿고 싶어 했으나 닿지 못한 나는 기꺼운 마음으로 선유도에서 길을 잃어버리기로 한다.

매봉산 데크길

매봉산은 아파트에 둘러싸여 있다. 높이도 낮고 크기도 작은 산이다. 집에서 50여 미터 쯤 걸어서 큰 도로를 건너면 바로 매봉산 입구다. 주말에 딸 가족이 와서 오랜만에 함께 갔다.

"할아버지, 토끼는 어디 갔어?"

손녀가 물었지만 어느 사이 사라졌다. 몇 년 전만 해도 원형 광장부근에 방사한 집토끼가 있어서 손녀와 함께 토끼를 보러 다녔다. 손녀는 상추 잎 몇 장 챙겨 들고 신이 나서 내 손을 잡고 힘든 산길을 오르곤 했다.

매봉산은 봄부터 개나리꽃, 벚꽃, 목련꽃, 산수유꽃, 생강나무꽃들이 만발한다. 우거진 숲이 있고 여러 가지 체육시설 등이 있어 정서 향상과 운동하기 좋은 곳이다. 나는 가끔씩이지만 30년째 매봉산을 오르내리고 있다.

7월 중순이라 산은 초록 잔치가 벌어졌다. 건장한 참나리가 큰 꽃을 피워 뽐내고 있다. 참나무가 우거진 산책길은 온통 그늘이고 칡넝쿨이 계곡 경사면을 초록융단처럼 덮고 있기도 하다. 생강나무도 많은 편이라 산책길 따라 예쁜 하트모양의 이파리들을 내보인다. 약수터를 지나 원형광장 가는 길에 소나무들이 운치 있게 서 있다. 모두 지난해 소나무재선충예방주사를 맞았다는 이름표를 달고 있다. 갑자기 딱따구리가 나무를 쪼는 소리가 들렸다. 팥배나무, 산벚나무들이 산책길에서 마중 나온 듯 줄지어 있다.

매봉역 가는 길, 강남세브란스 가는 길 등 일부 구간은 데크길이다. 중간 쉼터에는 탁자와 의자도 있다. 쉼터마다 시(詩)를 적은 판넬도 부착되어 있다. 의자에 앉아 책도 읽을 수 있다. 데크길이 아닌 모든 흙길은 무너지지 않게 야자수 매트를 깔았다. 도심 중심에 있는 작은 산이지만 많은 사람들이 쉴 수 있게 정비를 잘해 놓았다. 아파트와 연결된 입구 지역은 가로등과 CCTV도 설치되어 안전에도 신경을 썼다.

퇴직 후 숲 공부하는 단체에서 '녹색길라잡이' 교육을 받은 일이 있다. 현장 학습을 위해 1박 2일 울진 소광리에 갔다. 말로만 듣던 금강소나무 숲은 분위기와 빛이 감탄을 자아내게 했다. 굵직한 소나무들이 붉은 수피를 두르고 곧게 쭉 뻗어 있는 모습은 시원시원했다. 7월의 초록빛을 한껏 품은 솔잎들은 언뜻언뜻 보이는 파란하늘과 조화를 이뤄 말로 표현 할 수 없는 멋진 풍경을 자아냈다. 보통의 숲과는 달리 중간에 교육을 위한 의자하나 설치되어 있지 않았다. 안내 표지나 팻말도 없었다. 숲을 훼손하지 않으려는 노력이 완연했다. 화장실 한 곳 만들지 않았고 약수터도 없었다. 산책코스는 외길이었다. 자연 그대로 순수했다. 아침부터 출발해서 숲길을 걷다가 점심도 마을에서 배달해준 음식을 먹었다. 산 개울에 발을 담그고 자유롭게 바위에 걸터앉아 먹는 산나물반찬의 한식은 꿀맛이었다. 일반 그릇을 사용했고 회수해 갔다. 맑은 공기와 물이 흐르는 숲속에 오래 머물고 싶었다.

걷기 열풍이 일어나 전국 곳곳에 둘레길 등 걷는 길이 만들어 지고 있다. 자연을 보며 건강과 여가를 즐길 수 있으나, 너무 많은 길을 만드느라 숲과 자연이 훼손되지는 않는지 우려가 된다. 소광리 숲은 물리적인 길을 조성하거나 시설물이 없을 뿐만 아니라 방문객으로 수도 사전 예약을 받아 조절 하고 있으며 지역주민이 해설을 맡는 등 지역과 연계해서 숲을 활용하고 있어서 다행이라는 생각이 들었다.

사실 매봉산은 작지만 길이 여러 갈래다. 양재전화국 사거리, 도곡동 아파트, 논현로, 매봉터널, 매봉역, 강남세브란스병원 방향으로 각각 연결되어야하니 길이 여러 갈래일 수 밖에 없다. 어찌하랴. 시내 각 방향에서 사람들이 오르내리던 본래 있었던 길을. 부득이 데크길도 만들고 야자수 매트를 깐듯하다. 도시와 소광리 금강소나무 숲길과 비교 할 수는 없는 일이다. 작고 낮지만 산이 남아 있어 참 고맙다는 생각을 했다.

울진의 금강소나무 숲길은 지금처럼 자연을 최대한 보존하며 후손에게 물려줄 유산으로 지속적으로 유지 되었으면 좋겠다. 소광리 숲길을 다녀온 뒤 기본적으로 산에 가능한 시설물 설치를 하지 않고 자연 그대로를 보존 하는 것을 선호하는 편이었다. 도곡동 매봉산 데크길을 걸으면서 생각이 바뀌었다. 매봉산 같은 작은 산에 많은 사람들이 오가므로 이런 곳의 흙길을 보호하기 위해서 적절하게 데크길을 만들어 훼손에 방지하는 것이 더 효과적일 수도 있다고 이해하게 된 것이다. 더구나 나이가 들어가니 경사면을 줄이기 위해 지그제그로 만들어놓은 데크길 걷기가 편했다. 이 또한 나만의 편안함을 누리며 생각을 바꾼 일이 욕심이라면 욕심이겠다.

　매봉산은 높이가 해발 95미터이니 힘들지 않는 산책길이다. 지난날 어린 손녀와 토끼를 보려고 올 때와는 달리, 지금은 손녀가 내 발걸음을 염려하고 있다. 의자가 놓인 데크 위 휴식처에 둘러앉아 오랜 시간 동안 담소를 나눴다. 지금은 토끼가 없어 아쉬워하는 손녀에게 숲이 사람들에게 주는 혜택이 얼마나 큰지를 알아가기를 바라면서.

말 달리자

승마장은 나지막한 언덕배기에 있었다. 한쪽은 숲이고 반대쪽은 넓은 풀밭이 펼쳐졌다. 멀지 않는 곳에 푸른 바다도 보여서 풍광이 수려했다. 말들은 키가 크고 갈색 윤기가 자르르 흐르는 엉덩이를 가지고 있었다. 손녀딸 예은이와 제주 여행 중에 말을 타보기로 했다. 처음 타보는 말이라서 약간 겁이 났다. 말 잔등에 올라탈 수 있도록 받침대가 놓여 있었다. 발을 고리에 넣고 안장 위로 올라앉아서 허리를 굽히고 있으니 똑바로 몸을 세우라고 교관이 말했다. 처음 말을 타보는 티가 여지없이 보였다. 예은이는 나와는 달리 두려움 없이 사뿐히 올라앉아 몸을 반듯하게 세웠다. 승마선수 버금가는 자세였다. 처음

말을 타는 나와 타본 일이 있는 예은이와 차이가 경험 차이만
은 아닌 듯했다. 요즘은 몸이 예전 같지 않음을 느꼈다. 말을
타고 예은이와 앞서거니 뒤서거니 걷듯이 달렸다. 평지라서
말타기에는 불편하지 않았다. 때로는 우거진 나무 사이를 지
나기도 하고 시야가 확 트인 작은 나무 길도 걸었다.

 4월 말이라 숲속은 연두색과 진한 녹색 이파리가 풍성하게
어우러지고 있었다. 바닷바람이 숲속의 맑은 공기와 섞여서
봄바람이 상쾌했다. 말을 타고 한가롭게 걸으면서 이런 호강
이 또 어디 있을까. 새삼스럽게 자신을 돌아보았다. '참 아등바
등 살아왔구나!' 높은 말 잔등에 올라앉아 있으니 세상이 더 넓
고 크게 보였다. 하늘도 더 가깝고 나무도 눈 아래로 보였다. 긴
세월을 살아오는 동안 이처럼 우쭐한 기분을 느끼며 본 일이
있었던가. 마음만큼은 열 살 손녀와 비슷했다.

 "야호, 할아버지 재밌어요!"

 예은이가 나를 보고 활짝 웃었다. 숲길 코스를 돌고 나와서
운동장 주변을 두 바퀴 돌 때 교관이 속도를 내어 달렸다. 엉덩
이가 들썩거리고 나는 숨이 턱까지 차올랐지만, 손녀는 아무
렇지도 않은 듯했다.

 "말이 커서 엉덩이가 더 들썩거리죠?"라고 교관이 내게 물

었다. 아무래도 나이가 많이 든 내가 염려스러운 모양이었다.

"재밌는걸요."

나는 그렇게 대답하면서도 가쁜 숨을 몰아쉬었다.

나는 살아오면서 내 목소리를 낸 기억이 별로 없다. 어릴 때는 부모님이나 선생님이 시키는 대로 따랐고 내 의견이나 주장을 펼치지도 못했다. 직장 선배나 상사의 무리한 지시도 따라야만 되는 시절이 있었다. 속마음과는 다르게 체면이나 남의 시선을 먼저 생각했다. 싫다는 표현보다는 참는 일에 익숙했다. 나는 그렇게 살았다.

나와 다르게 예은이는 할 말을 분명하게 한다. 성향도 다르다. 모험심과 호기심이 많고 겁도 별로 없다. 쾌속 보트를 탈 때도 속도가 빨라지면 예은이는 신난다고 좋아한다. 놀이공원에서도 나는 빠르거나 흔들림이 심한 기구는 탈 생각도 하지 않지만 예은이는 신나게 즐긴다. 내가 도전정신이 부족하고 소극적이라면 예은이는 매사에 적극적이다. 어리지만 고맙다는 인사를 꼭 할 줄 안다. 둘이서 제과점에라도 들리면 "이거 엄마도 좋아하는데"라며 자연스럽게 챙기는 깜찍함도 있다. 영락없이 어린아이다.

나를 태운 마리오는 바람에 갈기를 휘날리며 달린다. 영리

하고 털 빛깔이 곱다. 나의 거친 숨소리를 들었는지 마리오는 속도를 줄인다. 녀석의 목덜미에 하얀 파도가 넘실거린다. 바닷바람에 마리오의 갈기가 일어설 때마다 왠지 모를 품위가 느껴진다. 내 청춘의 시간이 저러했을까. 아무리 떠올려보아도 별 기억이 없다. 그저 등에 버거운 짐을 지고 한낮의 땡볕을 묵묵히 걸었을 뿐이다. 갈기가 바람에 날렸는지 살필 겨를도 없이 세월이 흐른 것이다. 예은이를 태운 말 엉덩이가 탄탄하게 씰룩댄다. 봄 햇살에 털이 반짝거린다. 순한 눈망울도 좋고, 부드러운 갈기도 좋고, 무엇보다 굳센 다리가 좋다. 예은이가 망아지처럼 뛰며 신이 나 보인다. 예은이의 웃음만으로도 나는 먹지 않아도 배부르고 등이 따숩다.

새잎이 돋아나는 아름드리나무 아래서 움트는 초원을 바라본다. 꽃봉오리와 연둣빛 잎사귀에 내려앉는 해맑은 따스함이 잠깐의 탄성만으로는 숨길 수 없는 매혹의 빛깔이다. 마리오가 온몸을 흔들며 바람을 털어낼 때 꽃잎이 허공에서 하얗게 부서진다. 말발굽 아래 잔돌이 구르는 소리가 나는 걸 보니 도착이 가까워지나 보다. 출발이 있으면 도착이 있기 마련이고 시간은 누구에게나 균질하게 흐른다. 예은이와 일흔의 나이에 난생처음 말을 탄 기억은 오래 기억될 것이다.

곧 다가올 어린이날 선물을 예은이가 틀림없이 챙길 거라는 예상을 한 나는 넌지시 예은이에게 말했다.

"어린이날 선물은 오늘 말 탄 걸로 때우자"

"말 탄 것은, 말 탄 것이니 할아버지는 말 끼워 넣기 하지 마세요!"

예은이가 내게 일침을 놓았다. 뾰쪽한 침을 맞고도 나는 기분이 좋았다. 자기 의견을 정확하게 말하는 귀여운 손녀가 나는 예뻐서 죽을 지경이었다.

"할아버지한텐 당당한 예은이가 선물이야."

"저도 할아버지가 좋아요."

마리오가 천천히 달린다. 리드미컬하게 흔들리는 몸을 바람에 맡긴다. 누가 이 행진을 멈출 수 있는가. 생의 진정한 의미를 찾기 위해, 미래의 빛나는 주인공으로 성숙할 예은이와 함께 나는 달릴 것이다. 박진감 넘치는 열망 속으로 달려가는 무리 속에 나의 풋풋했던 시절, 내딛던 설렘의 첫걸음이 떠오른다. 두 손을 움켜잡으며 지금이라도 내가 달리고 싶어지는 이유다

"예은아."

"네, 할아버지."

'살다 보면 그런 거지…이러다가 늙는 거지…우리는 달려
야 해…말달리자…말달리자…말달리자…말달리자.'

금개구리를 찾아서

개망초 꽃이 흐드러지게 핀 초여름이다. 강물이 흐르는 쪽은 넓은 둔치가 있어 수풀이 우거져 있고 다른 쪽은 둘레길 따라 길게 공원이 조성되어서 걷기에 안성맞춤이다. 세종시청 바로 앞에 살다보니 이른 저녁을 먹고 나면 발길이 저절로 장미원으로 향한다. 꽃구경하다 옆길로 내려서서 입을 크게 벌리고 강바람을 마음껏 마시면 낮 동안 쌓였던 피로가 싹 가신다. 초저녁에 강변을 걷다보면 같은 듯 다른 듯 여러 풍경들이 추억을 불러온다. 거기에 더해 강변을 걸을 때마다 별이 하나 둘 보이기 시작하고 개구리 울음소리가 우렁차다.

"이곳에 개구리가 많구나!"

나도 모르게 가던 길을 멈춰 섰다. 오랫동안 고향을 떠나 살면서 잊고 있었던 개구리 소리를 다시 들으니 그때로 돌아간 듯 기억이 아련해졌다.

고향마을은 여름밤이면 개구리 울음소리가 요란했다. 논밭 어디를 가나 개구리가 많았다. 둑이나 냇가 주변 경사면에서 뛰어가는 개구리를 나무 막대기로 마구 잡았다. 굵은 대나무에 구멍을 뚫고 십자로 날개를 붙인 고무줄 총을 만들어 개구리를 찾아다녔다. 가늘고 뾰족하게 깎은 화살로 물속에서 헤엄치는 개구리까지 겨냥했다. 넓은 과수원 풀밭에는 한 발자국만 옮겨도 폴짝폴짝 개구리가 튀어 올랐다. 심심풀이로 개구리를 발로 찰 정도로 많았다.

우리 과수원에는 양계장이 있었다. 닭을 우리에 가두어 키우지 않아서 과수원을 뛰어 다녔다. 그때는 흔히 개구리를 닭의 사료로 썼다. 개구리를 잡아오는 아이들에게 돈 몇 푼이나 솎아낸 풋 복숭아를 주었다. 그 맛에 아이들은 날마다 꽤 많은 개구리를 잡아 왔다. 나는 방학동안 형과 함께 닭에게 줄 사료를 만들었다. 과수원집 뒷마당 모퉁이에 걸려있는 커다란 백철 솥에 보리와 함께 개구리를 넣어 끓였다. 개구리를 삶으면 꼭 닭백숙 끓일 때와 같은 냄새가 났다. 개구리 앞다리는 짧아서 살점이 없지만 긴 뒷다리 허벅지에는 하얀 살점이 볼록하게 붙어 있었다. 불을 오래 동안 지피면 보리알이 통통 불어 사료의 양이 매우 많이 늘었다. 과수원 옆 방죽이나 더 멀리 망다리보로 멱 감으러 오갈 때 흔히 눈에 띠는 개구리였다.

고향을 떠나 어른이 되어가면서 나는 개구리의 존재를 까맣게 잊고 살았다. 고향도 예전 같지 않게 변했지만 들판을 뛰어놀던 개구리들도 점차 사리지고 있었다는 것을 눈치 채지 못했다.

언젠가 시드니에 갔을 때였다. 숙소가 올림픽공원과 가까운 곳에 있었다. 저녁에 경기장 공원주변을 산책을 하면서 깜짝 놀랐다.

"오, 개구리!"

나도 모르게 소리를 질렀다. 안내판에는 금개구리 서식지이므로 이 지역을 보존해야 한다는 글과 개구리 사진이 붙어있었다. 어릴 때 고향 들판에 뛰놀던 초록색 등 위에 두 개의 금줄이 있는 개구리였다. 그때야 나는 오랫동안 개구리를 잊고 있었다는 생각이 들었다.

여행에서 돌아와 생태관련 교육프로그램을 찾아 관심을 갖고 공부를 했다. 고향에서 흔하게 본 개구리가 참개구리임을 알았다. 수컷은 등에 황색 또는 녹색 줄이 나 있고 점무늬와 녹색을 띠고, 암컷은 몸빛이 희고 검은 점무늬가 여기저기 나 있다는 구분도 하게 되었다. 호주에서 금개구리를 귀하게 보호한다는 사실을 알게 된 후로는 개구리를 달리 보게 되었다. 몸 전체가 초록색을 띠고 등에 두 줄기 금색을 띠던 모습이 눈에 선했다.

금개구리가 보고 싶었다. 시흥 연꽃테마파크에 금개구리가 있다는 말을 듣고 올 여름에 두 번이나 갔는데 보지 못했다. 물 표면에 떠 있는 개구리밥 속에서 머리를 내밀고 있거나 물에 잠긴 연잎 위에 앉아 있기를 기대했지만 갈 때마다 허탕이었다.

학생들을 상대로 생태 관련 봉사활동을 하면서 개구리에 대한 사례를 가끔 이야기 한다. 잠자리 애벌레가 물속에 살 때는 올챙이를 잡아먹는다. 올챙이가 커서 개구리가 되고 물속 잠자리 애벌레가 탈피하여 잠자리가 되면 개구리가 잠자리를 잡아먹는다. 이런 반전과 악연도 드물다고 말해 주면 아이들은 눈을 반짝이며 신기해한다. 귀한 금개구리를 아이들에게 사진으로 보여주며 고향 들판에 뛰어 놀던 전설 같은 금개구리 이야기를 펼친다. 자운영밭 언저리에 뛰놀던 개구리들, 방죽

아래 수풀 속에 숨어 있던 개구리들이 폴짝폴짝 뛰어나오던 여름날의 풍경 속으로 나는 빠져든다.

여름 장맛비가 쏟아지는 날 친구들과 흙길을 뛰어다녀본 적 있는가. 천상의 풍경이 그러했으리라. 비안개 슬쩍 걷어낸 하늘아래에 수백 마리 푸른 개구리들이 길 위를 달린다. 찰박찰박 뛰던 개구리가 돌연 멈추고 뒤로 돌아보더니 풀밭으로 사라져 버린다. 쉼표, 잠시 정적이 흐른다. 되돌아갈 수 없는 세월만큼이나 나는 궁금하다. 그 많던 금개구리들은 어디로 사라졌을까.

강변을 따라 걷는 길 위에 개구리 한 마리가 뛰어간다. 찰박찰박 젖은 발로 가볍게 착지를 하며 포장된 도로를 건너가고 있다. 어둠이 빠르게 짙어진다. 홀로 뛰어가는 개구리 뒷모습이 마치 고향마을 금개구리처럼 정겹다. 화려한 조명 아래 개구리들은 제 스스로 울림이 된다. 온 세상으로, 먼 우주로 노래는 퍼져나간다. 소리가 끊어질듯하다 곧 바로 이어진다. 개구리가 드디어 짝을 찾았나보다. 금강변의 하늘 위 별 하나가 밝게 반짝인다.

빛과 어둠

　IT기술의 변화가 빠르다는 것은 어제, 오늘의 일이 아니지만, 특히 휴대폰은 최근 몇 년 사이에 급속히 발전했다. 하지만 1980년대까지만 해도 무선휴대통신은 초단파(VHF; Very High Frequency)를 이용한 원 웨이(One Way)방식으로 거의 벽돌만 한 크기의 휴대용무전기가 최고였으며 원거리 통화가 불가능했다.

　운명이라면 운명일까 나는 '86아시안게임 성화봉송로(聖火奉送路)"통신 분야 설계와 공사를 담당하게 되었다. 당시로는 마이크로웨이브 통신방식이 최첨단기술로서 전화, 라디오, TV 등이 모두 수용되어 있었다.

성화는 전국을 누비며 봉송자가 달려가야 하므로 군과 군, 시와 시, 도와 도의 경계지역에서 성화를 인계인수할 때마다 지역 문화를 알리기 위한 대규모 축제행사를 열어서 그 상황을 '86 서울아시안게임 본부 상황실에서 실시간으로 지휘 관리하고자 했었다. 그러나 1980년대 중반의 무선전화의 발달과 망(網) 구성 수준을 고려하지 않는 처사였다.

성화봉송 계획은 거창했다. 각 행정지역 경계에서 봉송된 성화를 인계인수하는 행사에 참여하는 차량은 30여 대로 계획되어 있었으며 그중에 한국통신의 무선중계차 한 대도 포함되어 있었다.

문화공보부에서는 칼라텔레비전 방송을 개통한 지 5년이 지났고 장거리 자동전화가 전국으로 잘 연결되고 있으므로 무전기 망도 충분할 것으로 판단했다. 당시만 해도 휴대 무선통신의 수준은 단거리용이었으며 중계기를 거치더라도 지역적인 커버리지만 가능했다. 즉 대전에서 서울까지는 직접 무선으로는 연결할 수가 없는 망구조였다.

전국망 구성을 위해서 지도상으로 무선 루트를 검토하고 마이크로웨이브 고지중계소 20개소를 선정하여 45와트 고출력의 장비를 신규로 제작하여 설치키로 제안을 했다. 그 당시 국내에서 생산된 일이 없는 고출력 장비의 제작이 불가피한 것은 출력이 45와트는 되어야만 전파 통달거리가 50Km이상으로 장거리 통신이 가능했기 때문이다.

전파는 주파수가 높을수록 직진성이 좋다. 대신 장애물이 없어야 한다. 대부분의 안테나가 높은 건물이나 높은 산에 설치되는 이유다. 또한, 장비 출력의 세기가 강해야 통달거리가 멀리까지 가는데 무선통신의 기술 수준이 지금처럼 언제 어디서나 가능하지 않았던 시절이었다.

내가 설계한 기본내용은 휴대용무전기(2와트)~지역 이동차량용무전기(10와트)~시내 기지국(25와트)~지역별 중계국(45와트)~서울 중계국(45와트)~서울 기지국(25와트)~서울 이동차량용 무전기(10와트)~상황실 휴대용무전기(2와트)로 연결되어 실시간 무선통신이 가능하도록 했다. 나름대로 자부심을 가질만한 멋진 계획이었다.

신규 장비 제작은 전문 업체에서 하지만 규격서 검토와 심의, 설계서 작성과 설치공사계획서도 내가 해야 했다. 설계도면만 하더라도 요즘같이 스캔 기기나 대형복사기가 없었으므로 일일이 트레싱 용지에 원본 도면을 그려서 청사진으로 복사본을 뜨느라고 많은 시간과 노력이 필요했다. 그러나 아시안게임이라는 국제스포츠 행사의 한 모퉁이에서 나도 기여할 수 있다는 보람과 긍지를 가지고 열심히 일했다. 지금 생각하면 '하룻강아지 범 무서운 줄 모른다.'는 말이 있듯이 30대 중반의 혈기 왕성한 젊은 시절이라서 물불을 가릴 시간이 없을 정도로 최선을 다했기에 가능했다.

먼저 크게 신경 썼던 것은 무선국 허가의 합격 여부였다. 설치공사가 완료되면 허가받아야 할 무선국 수가 무려 236개나 되었다. 무선국은 불합격되면 다시 허가 신청수수료가 만만치 않게 들어간다. 그래서 각 운용국의 검사 첫 시작 하는 날만큼은 내가 각 운용국에 직접 출장을 갔다. 지역별로 해당 체신청의 검사관이 나와서 채널 별로 품질을 확인할 때마다 측정기 화면의 파형 그래프를 보면서 내 가슴속의 그래프도 오르락내리락 하기는 마찬가지였다.

힘은 들었지만 얻은 것도 많았다. 이때 지역별로 많은 사람을 만나면서 느낀 경험은 각 지방마다 사람들의 기본적인 특성이었다. 냉정함과 차분함, 화끈함과 도전적, 친절함, 미지근함, 적당함, 은근슬쩍, 얼렁뚱땅 등을 인간의 내면세계를 엿볼 수 있었고 그 일들을 겪었다. 돌이켜 보면 이러한 경험은 내 인생의 작은 빛으로 적용되었다. 그때 그 시절 젊은이로서 열정과 사명감이 없었다면 여러 과정을 다 극복하지 못했을 것이다.

공사가 한창 진행 중에 첫 번째 어려움을 전혀 예상치 못한 곳에서 불거졌다. 서울, 경기, 강원지역에 있는 고지중계소에서 45와트나 되는 고출력으로 전파가 발사되면 북한에서 전파 감청이 우려된다는 것이었다. 따라서 정부의 정보통신정책심의위원회의 승인사항에 해당되었다. 초단파(VHF) 무선장비용 안테나는 전파가 360도 방향으로 발사되는 무지향성(無指向性)이기 때문이다. 예나 지금이나 통신보안은 중요하지만, 당시에는 북한에 대한 통신보안이 특히 중요했기에 사전에 기술 검토가 부족했던 점에 대해서 꽤 심한 비난을 받았었다. 사실 공사 설계부터 여러 단계의 감사를 받긴 했지만 고려하지 못했다. 정밀 검토 후 동일출력으로 서울 경기 강원지역 설치분에 한해 북쪽을 향해 교란전파를 발사키로 하고 또한 철탑 북쪽에 특정 전파 차단용 시설을 추가 설치한다는 대책을 강구하여 계속 진행하게 되었다.

신규로 제작하는 20대의 45와트출력용 중계 장비는 최초로 무보수(無補修) 배터리를 장착하는 기술을 적용하는 등 제작과 설치를 외주공사로 설계했고, 25와트이하 출력인 중계기,

차량용, 휴대용 장비는 구매하여 직영공사로 시행하도록 설계했다. 직영공사를 하면 직원들의 기술습득에 도움이 될 뿐만 아니라 외주발주공사보다는 예산이 많이 절감되므로 선호하는 방법이어서 상위기관이나 각운용국에서도 환영했다. 그런데 직영공사 중에 사고가 발생하여 이 일은 내게 잊을 수 없는 큰 짐을 남기고 말았다.

12개 운용국으로부터 직영공사에 투입할 기량 우수자를 선발해서 공사 시행계획을 내려보낸 후 공사가 시작된 지 열흘쯤 되는 날이었다. 00운용국에서 오전 10시쯤에 "박대리님, 00 중계소의 000가 공사투입 명단에 없지만 차출해서 교체 투입해도 되겠지요?"하고 요청이 왔다. 나는 본국 총괄부서에서 5년째 근무를 하고 있었으므로 각 운용국의 기량이 좋은 사람들을 대부분 알고 있었다. 그런데 그 사람은 잘 모르는 분이었다. 나는 즉답을 피하고 "변경 요청하면 승인 문서 보내 줄 테니 그때 투입하세요!"라고 했다. 이때 원칙대로 절차를 밟아서 하자는 순간의 선택은 잘한 일이었다. 왜냐하면, 만약 내가 바로 구두로 허락했더라면 마음의 짐을 더 크게 느꼈을 것이기 때문이었다.

그날 오후 늦게 00운용국으로부터 안테나선 포설 공사 중 사망사고가 발생했다는 전화 보고를 받았다. 나는 눈앞이 깜깜했다. 내가 설계해서 주관하는 공사 시행 중에 사망사고가 발생했으니 도의적인 책임이 나뿐만 아니라 우리 국은 물론이고 상부 기관까지도 영향을 미칠 것은 불 보듯 뻔했기 때문이었다. 즉시 대책반이 ○○운용국 내려가는 등 큰 소동이 났다. 나는 그때 함께 ○○운용국에 갈 수가 없었다. 겁도 나고 미안하기도 하고 무엇인가 내게 책임이 더 많이 있는 것 같았다. 물론 공사 지침서에 2인 1조로 작업을 하도록 명시 했었고, 사전설명회를 통해 안전교육도 강조한 바 있지만, 나로서는 마음의 부담이 컸다.

'원숭이도 나무에서 떨어진다.'는 속담이 있다. 공사에 참여하고 사고를 당한 사람은 안테나 설치 공사 분야 베테랑이었다고 한다. 옥상에서 창문으로 펼쳐져 있는 다른 안테나선을 따라서 닥트 안으로 넣으면 될 것 같아서 간단히 생각하고 닥트에 발을 딛다가 미끄러져 추락했다는 것이다. 아래층으로 내려가서 도구를 이용해서 잡아당기면 될 일을 너무도 안일하게 생각했던 모양이다. 옆에 나란히 서 있다가 잡지도 못 하고 순간 동료가 추락한 모습을 본 다른 직원의 마음은 또 어떠했을까. 그런 마음까지 들어서 안타까웠다.

사고로 사망한 직원 가족에게 보상이 이뤄지고 순직처리가 되었으며 자녀 한 명을 채용하기로 결정되어 마무리가 되었다. 그러나 뜻밖에 가장을 잃은 가족들의 슬픔을 어찌 헤아릴 수 있을까? 매우 마음이 아팠다. 나에게 직접적인 책임이 없다고는 할지라도 도의적인 책임은 있으니까 계속 마음의 큰 짐이 되었다.

조사팀의 조사에 의하면 00운용국에서는 내게 공사자 명단을 바꿔 투입하겠다고 요청하기 전에 이미 사고가 났던 것이다. 내게 요청한 000가 괘씸한 생각이 들기도 했다. 본국의 허락을 받았으니 자기나 자기가 소속된 운용국의 책임을 덜어보려고 이미 난 사고를 숨기고 명단 변경 요청했었다는 생각이 들어서였다. 한편으로 그 직원도 상사의 지시에 따랐을 뿐이라고 이해하면서도 분노를 삼키는 데 꽤 힘이 들었다.

인간은 누구에게나 악마의 심성이 내재 되어 있는가 보다. 위기에 처하면 변명의 기회를 찾고자 하는 본성이 발동하여 책임을 회피하고 싶은가 보다. 그때 내가 즉답으로 투입하라고 허락했더라면 더 크게 마음의 짐을 안고 살았을 것 같다.

1985년에 발생한 불행한 사고 이후 회사 전체적으로 아무도 꺼내지 않았던 묵시적 금기가 오늘날까지도 내 마음에서 지워지지 않고 짐으로 남아 있는 것은 당시에 받았던 충격이 너무 큰 탓이다.

한편으로 그날 원칙을 지키자는 순간의 선택은 내 삶 전체에 큰 빛으로 적용되었음은 분명하다. 그 일을 겪은 뒤 업무를 더 정확하고 원칙적으로 처리하는 습관을 갖게 되었다.

요즈음에도 안전사고가 나면 서류를 조작하고 거짓 보고로 사건을 은폐하려 했다가 나중에 사실이 밝혀져서 크게 비난받는 일들을 메스컴을 통해서 접하게 된다. 과거보다 더 발전된 사회이니만큼 더 무섭고 악한 일들이 생기지 않기를 기대해본다. 순간의 잘못된 판단과 선택은 자신에게 평생의 짐이 되는 것은 분명한 사실이기 때문이다.

세월이 흘러서 아이러니하게도 내가 괘씸하게 생각했던 OO 운용국 그 직원이 내가 부장시절 과장으로 1년 동안 함께 근무하게 되었다. 받아들이고 싶지 않았지만 네트워크 분야 특성상 운명이라고 생각했다. 빚이기도 하고 빛이 되기도 한 세월이 지난 후라서 그나마 다행이었다.

서로 등을 맞대고 있는 빛과 어둠이 공존하는 것은 바로 나 자신이 있기 때문이다. 빛과 어둠은 서로 만나지도 볼 수도 없지만 내가 세상이 있어서 빛도 있고 어둠도 있는 것이다. 그렇다면 우리 인생은 빛과 어둠으로 되어 있다고 볼 수 있다. 어둠이 빛이 되고 빛이 어둠이 되는 하루를 보내면서 그 하루가 모여 인생의 벽돌쌓기를 하면서 살아가야 하는 것이 마땅하다는 생각을 해본다.

틈만 나면 가볍고 편리한 스마트폰을 만지작거리다 보니 지난날 초단파무전기로 휴대무선망을 구성하느라고 고생했던 시절이 내 인생의 빛과 마음의 빚으로 클로즈 업 된다. 10년만 더 빨리 언제 어디서나 통신이 가능한 휴대폰이 등장했었더라면 하는 아쉬움이 크다. 이제 그분에 대한 마음의 빚을 지워도 될까, 지워지지 않을 것 같다. 하지만 다시 한 번 그분의 명복을 빌면서 어둠의 빛에서 빛의 속도로 빠져나오고 있다.

이름 짓기

내 이름은 아버지가 지었다. 몸이 약해서 다섯 살이 되도록 이름 없이 지낸 박애기가 살아남아 얻은 이름이니 '박장수'나 '박영원'으로 지었을 만도 한데 문중의 항렬에 따랐다. 사촌이나 육촌 형들이 이미 '동, 서, 북'을 차지했으니 남은 '남'이 내 차지가 되었다. 한자어 의미로 따진다면 남주(南柱)는 남쪽의 기둥이니 남쪽의 큰 인물이 되어 있어야 하지 않겠는가. 아직 기둥이 되지는 못했지만 그런 바람은 늘 마음속에 품고 살았다.

이름에 대해 전혀 상관없던 내가 이름 짓기에 관심을 가진 일은 첫딸을 낳고 부터다. 이름이 가진 정서나 느낌이 인간의 삶에 영향을 미친다는 생각이 든 것이다.

"옥주가 좋아? 주옥이가 좋아?"

첫딸 이름을 나와 아내 이름 '보옥'에서 한자씩 떼어 조합을 해보았으나 마땅치가 않았다.

"유미는 어때? 부르기도 좋고 뜻도 괜찮은데."

딸의 이름을 '유미'로 지었다. 그 무렵 방영중인 '유미의 집'이라는 TV 드라마에서 따왔다. 있을 '유' 아름다울 '미'의 뜻을 담았다. 보통 아기가 태어나면 어른들이 작명소에서 지었지만 우리 부부는 만장일치로 딸의 이름을 지었다. 그래서 우리 집은 유미의 집이 되었다. 예쁜 딸과 함께 처가에서 살면서 아들을 낳았다. 장인이 아들 이름을 지었다. 나는 상관없다고 했으나 이름이 중요하다면서 직접 지어서 봉투에 넣어 선물로 주셨다. 서로 '상' 빛날 '욱' 편지지에 손 글씨로 쓰여 있는 한자와 뜻풀이가 마음에 들었다. 장인의 정성이 배인 이름이라 받고 보니 기분이 좋았다.

이름을 잘 지어서 자식의 미래가 확 트인다면 이보다 좋은 일이 어디 있을까. 어느 부모가 자식이 성공하고 행복하게 살기를 바라지 않겠는가. 아들은 자신의 이름대로 빛을 내느라 바쁘게 살아간다.

유미가 첫딸을 낳았다. 외손녀의 이름을 내가 지어 주고 싶었다. 사위와 딸은 우리의 신혼시절과 똑같이 닮았다. 두 사람의 이름에서 한 글자 씩 조합해보고 있었다. '원미'나 '미원'이는 이미 많은 사람들이 가진 이름이라 마음이 내키지 않은 모양이다. 손녀의 이름은 '예은'이로 지었다. 예수님의 '예'와 은혜의 '은'을 붙인 것이다. 흔하지만 그만큼 좋다는 방증이기도 해서 마음에 들었다. 성격이 명랑한 외손녀를 보면 내가 은혜를 받고 있다는 생각이 들어 감사한다. 친손자가 태어났다. 이름을 잘 짓는 작은 형님에게 몇 글자를 주고 부탁했다. '지호'라고 지어 보내왔다. 뜻 '지' 하늘 '호'라고 했다. 하나님의 뜻을 아는 사람이 되라는 우리의 마음을 담았다. 평소 나는 사주팔자 등을 믿지 않는다. 이름은 부르기 쉽고 예쁜 이미지가 연상되면 좋은 이름일 텐데 굳이 한자어의 뜻까지 부여해서 따질 필요가 뭐 있겠냐는 생각이었다. 그런데 희한하게도 이왕이면 뜻풀이가 좋은 단어를 선택하고 싶어졌다. 친손자에 대한 애틋함과 미래에 대한 기대감이 발동해서 그런 것 아니었을까.

이름이 인생의 생사화복에 무슨 작용을 하겠는가마는 나약한 인간이기에 이왕이면 좋은 느낌이 있는 이름이면 좋을 것 같다. 비슷한 사주, 같은 이름도 환경이나 여건에 따라 상반된 삶을 사는 경우도 있지 않는가. 이왕이면 다홍치마라는 말이 있듯이 뜻풀이도 그럴듯하면 더 좋으리라. 이름은 내가 가지고 있지만 타인이 나를 부르는 용도가 더 많다. 기억하기 좋고 의미가 있다면 더욱 좋은 일이긴 하나 무엇보다도 내 마음에 들어야 제일 좋은 이름이 아닐까.

'이름값 한다.'는 말이 있지만 그저 부르기 쉽고 산뜻한 의미가 연상되는 이름이면 족하다고 본다. 유미나 예은이는 부모가 마음을 써서 지어준 이름인줄 알아서 인지 자기 이름을 좋아한다. 이제 겨우 말을 시작하는 손자도 모든 일에 '지호'가 했다는 뜻으로 자기 이름을 가져다 붙인다. 듣는 내가 더 흐뭇하다.

이름이 붙여질 때 모든 사물이 거기에 있다. 비로소 가치를 나타낸다. 흔히들 이름 없는 풀이라고 많이 말한다. 나는 '잡초는 없다'는 시를 쓴 일이 있다. 모르는 풀, 알만한 풀, 반가운 풀이 있다는 의미다. 이름 없는 풀은 없다. 하물며 잡초도 다 이름이 있을 진데 사람의 이름이 소중하지 않겠는가.

지금도 아버지가 지어준 '남주'라는 이름을 좋아한다. 내가 지어준 이름을 '유미'가 좋아 하듯이 이름처럼 예쁜 마음으로 살아가기를 바라고 있다. 장인이 지어준 '상욱'이나 아내 '보옥'의 이름도 잘 지어줘서 감사한다. 외손녀 '예은'이와 친손자 '지호'가 성인 되었을 때 자기 이름을 사랑하기를 바란다. 아버지가 지어준 내 이름을 평생 사랑 하듯이 말이다.

도덕 사진관

성남 형

얼마 전, 성남 형이 건강하게 지낸다는 소식을 들었다. 나이를 꼽아보니 여든 살은 족히 넘었을 것 같았다. 형은 그때 일을 기억하고 있을까. 어릴 때였지만 과수원 가는 길에 어김없이 나타나던 성남 형을 피해 먼 길을 돌아 다녔던 일이 엊그제처럼 생생하게 떠올랐다.

과수원 아래에 비가 올 때만 물이 흐르는 둑이 높은 건천이 있었다. 길게 망다리 보까지 이어져 있고, 양쪽 길 따라 논에 심은 벼가 푸르게 펼쳐지고 들판의 시원한 바람이 간간이 불었다. 둑이 높아 경사면에 들풀들이 많이 자라서 여름 내내 꼴을 베는 아이들로 시끌벅적 했다. 마을과 멀지 않아 해질 무렵이면 그곳은 놀이터가 되었다. 나는 아버지 심부름으로 과수원에 가려면 성남 형네 논밭을 지나야 했다. 세동, 네동, 송동에 사는 아이들이 통학하는 지름길이기도 했다. 성남 형은 한마을에 사는 나보다 9살이 많았다. 키가 작고 내성적이며 온순했다. 남에게 해를 가할 만한 사람이 아니며 있는 듯 없는 듯 조용했다. 말이 빠른 편이라 가끔씩 혼자 말하는 것처럼 들리기도 했다.

어느 날, 성남 형은 땔감용 나무를 하러 산에 갔다가 돌아오지 않았다. 마을 어른들이 횃불을 들고 찾아 나섰다. 새벽녘에 뒷산 넘어 목골 저수지로 들어가는 걸 발견하고 데려왔다. 그 후로 조금 이상했다. 한 번은 낫으로 자해를 해서 뒷목덜미에서 피가 흐르고 있었지만 위험해서 아무도 말리지 못했다. 그 날 더 큰 사고가 나지 않도록 낫을 빼앗은 사람은 성남 형의 친구인 내 큰형이었다. 무슨 사연이 있어서 그랬을까 궁금할 뿐이었다. 어린 마음에 크게 놀랐던 일이었다.

얼마 지나서 증세가 호전되었는지 성남 형은 논밭에 나와서 일을 했다. 내가 과수원에 심부름 다닐 때 만나면 성남 형은 다짜고짜 나를 쫓아 왔다. 논 가운데에서 피를 뽑다가 하던 일을 멈추고 나를 향해 달려왔다. 밀짚모자 챙 아래로 비친 성남 형의 표정이 실실 웃고 있는듯하여 더 겁이 났다. 죽을힘을 다해 무조건 도망쳤다.

망다리 보 막는 공사가 있었다. 성남 형은 그곳에서 일하고 있었다. 친구들과 멱 감으러 온 나를 보더니 공사장 일도 제쳐두고 쫓아 왔다. 그때마다 멱도 못 감고 도망 치곤 했다. 도무지 이유를 알 수가 없었다. 나이 차이도 많았고 형은 나와 대화할 일이 평소에 없었다. 나는 키가 작았으며 얼굴이 하얗고 병약했다. 마을 사람들이 나를 모두 귀여워 해주는 편이었다. 지금 생각해보니 성남 형 눈에는 앞집 사는 내가 말을 걸기가 가장 쉬운 대상이었을지도, 냅다 도망가는 내 모습이 재미있었는지도 모르겠다.

과수원 둑길을 따라 곧장 내려가면 광암 저수지에서 흘러온 물이 망다리 보 아래서 황룡강 줄기와 만난다. 물이 이어져 영산강으로 흘렀다. 망다리보 아래 널따란 모래밭은 멱을 감고 놀기 좋았다. 하루에도 두 세 번씩 멱 감으러 다니던 여름방학 동안에 성남 형이 무서워서 도망 다니기가 일쑤였다.

그 후에 서울에서 형을 만났다. 연수원에서 장기교육을 받을 때 주말에 6촌 형님을 만났다. 고향 선배인 성준 형 집이 한 동네에 있으니 인사차 가자고 했다. 대문을 열고 들어서니 성남 형이 그곳에 있었다. 나는 순간 밖으로 나왔다. 다시 들어가 인사는 했지만 어린 시절 두려웠던 기억이 끝난 것이 아니라 여전히 남아 있어서 놀랐다. 성남 형에게는 아무 말도 걸지 못했고, 형도 별 말이 없었다. 많은 아이들 가운데 유별나게 나만 쫓아 왔는지 궁금했지만, 엉거주춤 겨우 인사만 하고 앉았다가 돌아왔다.

한참이 지나서 큰형에게 들은 이야기가 생각났다. 성남 형은 어릴 때 엄마를 잃고 외톨이로 자랐다고 했다. 누군가에게 자신의 이야기를 하고 싶었을지도 모를 일이었다.

지금도 짐작조차 할 수 없다. 어린 나에게 무슨 할 말이 있었을까. 여든 살을 넘긴 성남 형이 그때 일을 기억할지 모르지만 여름이 가기 전에 형을 만나 알아보려한다. 전화를 걸어 안부를 물었더니 잘 있다고 한다. 올 여름 가기 전에 찾아뵙겠다고 하면서 전화를 끊는다. 형의 아픈 과거보다는 나의 쓸데없는 선입견과 오해가 불러온 해프닝이었으면 한다.

"형! 그때 무슨 말이 하고 싶었어요? 이제는 모두 들어줄게요."

도덕 사진관

요즘은 고화질 폰으로 어디서나 자유롭게 사진을 찍는 시대다. 수없이 찍고 삭제할 수 있으며 간단하게 파일로 저장한다. 필요에 따라 포토샵으로 멋지게 사진을 꾸밀 수도 있다. 사진 찍는 기술이 없어도 누구나 사진을 멋지게 찍는다. 하루가 다르게 진화하는 디지털 세상속에 살면서도 나는 종종 고향 마을에 있던 사진관이 생각난다.

도덕 사진관은 도로변에 자리 잡았다. 다른 집에 비해 앞마당이 좀 여유가 있었다. 덕분에 사진관 앞은 아이들의 놀이터로도 적당했다. 오래된 버드나무가 오월의 산들바람에 손바닥만 한 초록색 잎들이 번들거리며 서 있었다.

숙영이 아빠는 사진사였다. 그가 손에 든 연필 끝이 매우 뾰족했다. 길게 나와 있는 연필심을 보면 부러져 버릴까 봐 내 마음이 조마조마했다. 동쪽 창문을 향해 놓인 책상에 앉아서 그는 연필로 무언가 열심히 그렸다. 네모난 나무 틀 유리판에 필름을 붙여놓고 희미한 인물의 윤곽이 뚜렷해지도록 고쳤다.

면(面)에 사진관은 하나뿐이었다. 학교 운동회나 소풍 때도 숙영이 아빠가 사진을 찍었다. 개인으로 사진을 찍기 보다는 홍보와 행사용이나 졸업사진 등을 찍었다. 사진 찍을 일이 있으면 누구나 숙영이네 사진관을 통해야 했다.

내게 가장 오래된 사진은 소풍날 숙영이 아빠가 찍은 것이다. 아마 내가 태어나서 처음 찍은 사진이 아닌가 싶다. 단추가 다섯 개 달린 교복에 흰 칼라 깃이 넓게 붙어있다. 이름표를 크게 달고 까까머리에 눈이 부셔 찡그린 표정이 재미있다.

숙영이네는 살림은 우리 사랑채에서 했고 사진관은 본채 방한 칸과 긴 마루에 차렸다. 숙영이는 나보다 두 살 어렸다. 동생 숙현이가 있었지만 모두 숙영이네라고 불렀다. 사진기와 사람과의 거리가 조금 있어야 하니 넓은 마루가 있는 본채가 촬영 장소였다. 고급스러운 의자가 몇 개 있었고 커튼으로 배경을 바꿀 수 있었다.

이사 온 첫날이었다.

"사진관 방 동쪽 배랑빡을 좀 뚫어야 쓰것는디요?"

"머시라고? 썽썽한 배랑빡을 뚫다니 말이 되는 소린가?

아버지는 벽을 뚫겠다는 숙영이 아빠의 요청에 난감해 했다. 세 든 사람이 사과상자 만큼이나 큰 구멍을 벽에 뚫겠다니 쉽게 허락할 수 있는 일은 아니었다. 하지만 어쩔 도리 없이 벽이 뚫렸고 구멍을 통해 햇빛이 방 안으로 들어오게 했다. 빛이 새어 나가지 않도록 온통 검은 천으로 감싸서 암실을 만들었다. 암실 위쪽에 동그란 구멍으로만 빛이 집중해서 나오게 했다. 그 위에 유리판을 붙이고 필름과 흰 종이를 겹쳐 올려 들어오는 햇빛을 쏘였다. 턱이 낮은 쟁반에 담긴 물속에 종이를 담가서 조심스럽게 핀셋으로 앞뒤를 적시면 서서히 사람 얼굴이 나타났다.

처음 내가 본 사진은 그렇게 탄생했다. 숙영이 아빠를 마술사라고 생각했다. 사진을 찍을 때도 '하나, 둘, 셋' 하는 순간 한쪽 손에서 번갯불을 터트렸다. 화약 냄새가 나고 흰 연기 꼬리가 길게 남았다. 다음 해에 마을에 전기가 들어오면서 동쪽 벽 구멍도 막았고 모든 사진 작업이 전기를 이용해 이뤄졌다. 그래서였을까. 발단은 숙영이 아빠가 읍내에 자주 나다니면서 생겼다. 사진사가 사진 잘 찍고, 인화해서 약속한 날 사진을 빼주면 될 일이다. 차츰 약속을 지키지 않았다. 숙영이 엄마는 사진 찾으러 온 사람들에게 수없이 미안하다고 말했다. 멀리 떨어진 마을에서 사진찾으러 와서 허탕 치고 가는 황당한 불평을 숙영이 엄마가 혼자 감당해야 했다. 약속을 어기는 일이 점점 많아졌다. 숙영이 아빠가 춤바람이 났다는 소문도 돌았다. 그렇지 않고서야 백구두에 광내고, 포마드로 머리를 올백하고, 자르르하게 양복 입고 읍내에 자주 갈 일이 없다는 이유였다. '도덕 사진관'에서 도덕이 문제가 된 사건이었다. 숙영이 아빠는 자신에게 생긴 흠을 지우는 걸 놓쳤는지도 모르겠다. 진짜 춤바람이 났는지는 알 수 없었지만, 한동안 그는 도덕리 뉴스 헤드라인을 장식했다.

가끔 엉뚱한 생각을 한다. 살아온 인생을 보정할 기회가 내게 생긴다면 어느 시기를 수정할 것인가에 대해 고민한다. 아무리 머리를 굴려도 딱히 결정을 못 한다. 면면이 놓치지 말아야 할 찬스를 잡지 못한 아쉬운 순간이 어디 한 둘이랴. 모나고 비뚤어져도 제각각 사연이 있는 법이다. 고치고 다듬는다 한들, 그게 내 모습이겠는가.

"자, 김치."

나는 폰을 들고 셀카를 찍는다. 렌즈를 자신 있게 바라보면서 인생사진을 찍는다. 얼짱 각도에 연출이 필수지만 어떻게 해야 나아지는지 여전히 알 수 없다. 마술사 같았던 도덕 사진관의 숙영이 아빠가 비법을 말하는 듯하다.

'사진은 말이지. 도덕 사진관이여.'

그의 서글서글한 눈매에 비친 고향 마을이 앵글에 들어와 있다.

똥미께배미 언덕

오월의 들녘을 걸어 똥미깨배미 언덕으로 향했다. 나무는 보이지 않고 수많은 야생화가 봄부터 가을까지 번갈아 피고지고 했다. 멀리서 보면 똥을 싸놓은 듯이 생뚱맞아 보이는 나지막한 산인데, 우리는 그곳을 똥미께배미라고 불렀다. 들판 중앙을 가르는 건천 바로 오른쪽에 있어 한 눈 안에 들어왔다. 건천 둑이 높아 경사면에 민들레가 많이 피어 있어 민들레배미라고 불렀고 옻배미는 논둑에 옻나무 한 그루가 서있어서 그렇게 불렀다.

풀 냄새 피어나는 똥미깨배미에는 자운영 꽃이 흐드러지게 피어 있다. 예나 지금이나 변함없이 피고 지는 자운영 꽃이 내

가슴을 흔들어 놓는다. 붉디붉은 꽃무더기 속에 얼굴을 묻고 못 견디게 그리운 친구 호인이를 떠올린다.

송동에 살던 호인이 집에 놀러 갈 때도 우리는 함께 똥미깨 배미를 지나곤 했다. 무엇보다 자운영 꽃이 필 즈음에는 우리 는 집으로 돌아가는 것도 잊어버리고 논 주변에 죽치고 앉아 해질녘까지 놀았다.

똥미깨배미에 뜸부기가 보인다. 어찌나 경계심이 많은지 논 둑에 나와 있다가 잠깐사이 머리에 달린 불그레한 볏을 슬쩍 보이고 벼 포기 사이로 숨어버린다. 가까이에서 볼 수 없어 아 쉽지만 뜸부기도 예전 그대로이다. 보리밭이나 자운영이 흐드 러지게 피어있는 들판을 배경으로 노니는 뜸부기들도 아름답 지만, 벼이삭이 나오면서 벼꽃이 바람에 흔들거리는 논에서도 뜸부기는 단연 주인공이다.

아버지는 해마다 보리와 자운영을 심었다. 자운영은 공기 중 에 있는 질소를 빨아들여 스스로 질소비료를 만들어낸다고 했 다. 겨우내 심어뒀다가 봄에 갈아엎으면 따로 비료를 줄 필요 가 없을 만큼 땅은 기름졌다. 넓은 논에 핀 자운영 꽃을 보면 주체 할 수 없을 만큼 기분이 날아갈 듯했다. 흰색과 선명한 붉 은 보라색 꽃이 수많은 가지마다 피어나 마치 꿈결처럼 황홀

했다. 진한 초록의 잎으로 융단을 깔아놓은 것처럼 논바닥 전체를 덮고 그 위에 자운영 꽃이 무리지어 핀 똥미깨배미는 우리들 세상이었다. 건천 둑에서 논을 바라보면 물을 가둘 때부터 가을추수 때까지 초록바다가 되기도 하고 황금물결이 출렁이기도 했다. 똥미깨배미는 한겨울에 하얀 눈에 덮여있을 때도 춥지 않고 오히려 따스했다.

연녹색의 융단을 깔아놓은 것처럼 푸른 들판 위에 보랏빛으로 물들이는 꽃이 자운영이다. 호인이랑 뒹굴던 자리인 듯, 길가 가장자리에 자운영 꽃이 쓰러져 있다. 나도 모르게 그곳으로 다가간다. 가슴에 남은 그리움만큼 자운영 꽃이 애달프다.

어느 봄날 호인이는 세상을 떠났다. 성격이 밝았고 목소리도 호탕했다. 호인이를 마지막으로 본 것은 똥미깨배미 언덕이었다. 우리는 자운영 꽃밭에 누워서 군 입대를 앞두고 서로의 고민을 나눴다. 호인이는 고향을 지키며 농부로 살아가는 것이 꿈이라고 했다.

"야, 저 자운영 꽃 핀 곳이 니그 논이제, 한번 뒹굴어도 쓰겄냐?"

"우리 논잉께 함께 뒹굴어 볼끄나!"

우리는 약속이나 한 듯이 자운영 위로 몸을 던졌다. 서로의 앞날에 붉은 꽃물이 배어드는 지도 모르고 뒹굴었다. 볼이 커서 순하게 보이는 호인이는 꽃이 너무 예쁘다고 눈을 반짝였다. 햇빛 따사로운 똥미께 산에서 민들레꽃을 꺾으며 놀았고 넓은 논에 핀 자운영 꽃밭은 우리들의 놀이터였다.

호인이를 산에 묻고 내려오던 날을 잊을 수가 없다. 똥미께 배미 언덕길을 따라 산자락을 오르면 호인이가 있는 곳이다. 세월이 흘러 찾을 길 없지만, 먼발치에서 친구를 눈으로 더듬어 찾는다. 들판에서 일하던 사람들이 노래를 한다. 한 사람이 선창하면 따라서 합창을 한다.

"이제 가면 언제 오나, 어 얼러 디 상사디야."

떠나는 봄이 아쉬운가. 꽃 지는 일이 허무한가. 자운영 꽃밭에 몸을 던지며 그들을 따라 흥얼거린다. 풀냄새 피어나는 풀밭에 누워 노래를 부른다. 노래를 부를수록 슬퍼지는 이유를 나는 알지 못한다. 자운영 꽃밭에 얼굴을 묻고 아무도 모르게 눈물짓는다. 호인이와 함께 했던 한때가 못 견디게 그리운 건 나이 탓일까. 자운영 꽃밭은 예나 지금이나 찬란하게 아름답고 슬픈 장소다. 뜸부기는 땅바닥을 흔들어대듯 탁한 울음소리로 똥미께배미를 맴돈다.

"뜸북 뜸북 뜸북새 논에서 울고……."

어쩌면 슬픔은 붉디붉은 자운영 꽃처럼 아름다운 것인지도 모를 일이다. 가장 낮은 곳에서 봄을 들어 올리는 똥미께배미 에서 내 친구 호인이를 그리워한다.

균도 이발관

몽골 만달고비를 갔을 때이다. 마을 우물에서 돈을 내고 물을 길어가는 모습을 보았다. 폭이 우리 집 시암보다 훨씬 작았고 깊이는 매우 깊었다. 도르래에 달린 줄을 한참 올려야 두레박이 올라왔다. 10리터 정도 되는 그릇에 한번 길어갈 때마다 일정한 값을 치르고 있었다. 물이 무척 귀하다는 것을 여실히 느꼈다.

맑은 샘을 집 안에 갖게 되기를 누구나 바랐다. 물이 깊은 땅속에서 솟아오니 우선 깨끗하고 시원하며 맛이 그만이었다. 어릴 때 우리는 '샘'을 '시암'이라고 불렀다. 우리 집 마당에는 물맛 좋기로 소문난 시암이 있었고, 동네 사람들이 자주 들러서 물을 길어갔다.

"어휴, 조금만 낮으면 손이 닿을 텐데!"

물을 뜰 때마다 균도는 항상 아쉬워했다. 바가지를 넣어 바로 물을 뜨고 싶은데 손이 닿지 않았다. 여러 번 물을 길어 날라야 하는 균도는 혼자 투덜거렸다. 우리 집 안마당에 있는 시암에는 푸른 하늘이 보이고 흰 구름도 흘러갔다. 시암은 굵은 돌로 동그랗게 촘촘히 쌓여 깊이를 알 수 없도록 아득했다. 우물 위에 놓인 뚜껑을 열면 투명하도록 맑은 물에 바닥의 자갈들이 비쳤다. 허리춤보다 높은 우물이라 줄이 달린 두레박을 써야 했다. 참으로 신기했던 것은 물을 퍼도 항상 물의 높이가 일정했다. 낮은 턱을 만들어 둘러친 네모난 바닥은 시멘트로 미려하게 미장이 되어 있어 여러 사람이 함께 쓸 수 있었다.

동네 사람들은 식수용으로 물을 길어 갔고 채소나 곡식 등 웬만한 씻을 거리는 직접 가져와서 씻었다. 바로 옆에 있는 돌확에서 고추를 갈아 김치를 담그기도 했다. 말하기 좋아하는 근태 엄마는 옆 마루에 걸터앉아 물 길으러 온 사람을 붙잡고 말을 걸었다. 마을 여인들의 소통과 정보 교류의 장소였다. 틈만 나면 먹을거리도 나누었다. 푸성귀를 씻을 때나 김치를 담그면 시식용으로 조금씩 놓고 갔다. 용이 아버지는 낚시해온 물고기를 씻고서는 몇 마리 주고 가기고했다. 시암은 마을의 중심이었으며 웬만한 소식은 그곳에서 들을 수 있었다.

균도는 내 친구다. 나랑 이야기도 나누고 놀다가 가면 좋으련만 늘 바빴다. 이발소에 물을 날라야 했기 때문이다. 친구들과 어울려 놀고 싶었을 텐데 균도는 우직하게 물지게를 졌다.

"야, 나도 물지게 한번 져보자!"

균도는 못이긴 척 지게를 내게 건넸다. 나는 물지게를 지고 겨우 일어설 뿐 한 발짝도 못 움직이는데, 무슨 요령이 있었는지 균도는 물동이를 잘 지고 다녔다. 물론 거뜬해 보이지는 않았다. 발걸음을 디딜 때마다 물지게 걸고리에 매달린 물통이 삐그덕 소리를 내며 흔들거렸다. 몇 발자국 갈 때까지는 물이 출렁거리면서 밖으로 넘쳐흘렀다. 가득 채우지는 않았지만 한 번이라도 더 오기가 힘들어서 더 많은 물을 지고 가는 뒷모습을 걱정스럽게 바라보았다. 네모난 길쭉한 양철통 위쪽에 나무로 가름대를 붙여서 중앙에 홈을 약간 파서 걸고리가 잘 걸리도록 만들었다. 다행히 물통 자체는 무겁지 않았다.

면 소재지인 우리 마을에 균도네 이발관 하나뿐이었다. 이발 의자가 세 개였으나 벽에 붙은 좁고 긴 나무 의자에는 몇 사람이 더 앉아 기다릴 수 있었다. 천정에 딱 달라 붙여서 페인

트로 그린 기도하는 모습과, 강변 풍경의 그림 두 점 사이에 푸시킨의 삶이라는 시가 걸려 있었다. 거울아래 선반에는 이발기계, 면도기, 가위, 빗이 나란히 놓여 있었고, 중앙의 서랍장에는 포마드와 로션, 스킨이 강한 냄새를 담고 있었다. 균도의 큰형이 이발사였고 이발에서 면도까지 혼자서 했다. 때론 아이들의 머리는 균도가 감겨 주었다. 손잡이가 달린 동그란 플라스틱 브러시로 까까머리를 박박 문지를 때는 꽤 아팠다. 균도 형이 손톱으로 세게 문지를 때 보단 덜 아프긴 했지만. 시멘트로 만들어진 사각형 물탱크는 꽤 컸다. 한 쪽에 입구가 그릇을 넣어 떠 낼 수 있도록 되어 있고 바로 옆에서 머리를 감길 수 있는 세면대가 붙어 있었다. 큰 물탱크에 물을 채우는 일을 균도가 담당했다. 늘 물지게 지고 다니는 모습을 보면서 '균도의 집에 시암이 있으면 균도가 덜 고생할 텐데' 하는 생각을 했다. 나도 몸이 약했지만 균도는 키가 커서 더 약해 보였기 때문이다.

균도 이발관에서 우리 집 시암은 장터까지 가는 거리의 반의 반 밖에 되지 않아 그나마 다행이었다. 마을 중앙에 있는 작은 다리를 기준으로 아래쪽 사람들은 모두 우리 집 시암을 이용했다. 수질검사 한번 한일이 없지만, 물맛은 미슐랭에 선정되어도 마땅할 만큼 좋았다.

지금은 고향 마을도 수도시설이 되어 있다. 나는 생수를 사서 먹는다. 시원한 물을 마실 때마다 물맛 좋다는 우리 시암이 그립고, 균도의 물지게 진 모습이 눈에 선하다. 고향을 떠난 지오래다. 뭐하고 사느라 아직 균도를 못 만났다. 오랜만에 친구를 만나기라도 하면 내가 먼저 물 한잔을 건네며 말하고 싶다.

"친구야, 옛날 시암 물맛 나는가 보세!"

살아가면서 여러 일들을 겪었지만, 그 시절을 떠올리면 균도는 내게 언제나 청량한 시암 같은 존재다. 세월이 흐르는 동안, 시암과 균도네 이발관은 이제 없다. 내 기억 속에는 물지게 지고 바지런하게 골목길을 빠져 나가던 균도의 모습만 덩그러니 남아있다.

훈장과 굴레

친구 일성이의 안부를 오랜만에 듣게 되었다. 모처럼 통화를 하게 되었지만 시간이 많이 흐른 탓인지 별다른 화젯거리 찾지 못하고 몇 마디 주고받다가 전화를 끊었다. 사십 년이 더 흐른 지금에도 1980년 광주는 내게 어제처럼 선명한 기억이었다. 일성이는 일부러 그때 일에 대해 함구했다. 새삼 들춘다고 상처가 가라앉지는 않기에 친구의 마음을 십분 이해할 것 같았다. 일성이와 통화를 마치고 나는 오래 전 기억 속으로 빠져들었다.

그날은 어스름한 새벽에 집을 나섰다. 화정동 사거리서부터 양동시장까지 도로변에 완전 군장을 하고 사방을 경계하는 군인들이 많았다. 적막한 길을 혼자 건너기가 겁이 났다. 도로를 건널 때마다 군인들과 마주치면 흠칫 놀라서 오금이 저렸다. 양동시장 입구까지 마음을 졸이며 걸었다. 그야말로 진퇴양난이었다. 그나마 공무원 신분이라서 도청에서 멀지 않은 사무실로 출근할 수 있었다. 계엄군이 도청에서 마지막으로 항거하는 시민군을 진압하고 군인들이 다시 광주 시내를 장악한 날, 새벽녘의 혼선은 나 또한 희생자가 될 뻔 했다.

"박주임, 일성이 친구 어디 있는가?"

"모릅니다!"

"하루라도 빨리 자수하라고 해!"

긴장의 끈을 놓지 못하고 겨우 사무실에 들어서니 김계장님이 내게 말했다. 한편 마지막까지 도청에 있었을 '일성이가 죽지는 않았구나⋯⋯' 안심이 되었다.

김계장님과 고향친구 일성이는 3년 전 내 결혼식 피로연장에서 처음 만나서 알게 된 사이였다. 그날 친구는 김계장님과 술을 대작을 하며 친해졌는데 5·18당시 시외전화가 단절되어 시민들이 전화국에 몰려온 날 서로 다시 만났다.

시외로 나가는 통신이 강제 두절되었다. 잠시 후 트럭을 몰고 온 시민들이 차 뒤로 전화국 철문을 부딪치며 통신 회복을 요구했다. 김계장님은 시외전화는 우리가 끊은 것 아니며 상대국에서 끊었다고 설명 했다. 그때 일성이가 시민군에 있었고 김계장님과 서로 알아보았다. 통신시설이 불타면 복구하는데 수년은 걸린다고 설득하는데 일성이가 앞장섰다. 직원들은 옥상 비상계단을 통해 1층 후정으로 내려가 대나무 사다리를 타고 높은 전화국 담장을 넘어 제재소를 통해 흩어졌다. 나는 조심스럽게 도청 쪽으로 걸어갔다. 시내는 무장한 시민군이 장악했고 군인들은 한 발 물러가 있었다. 장갑차가 도청을 향해 돌진해 가면 군인들이 장갑차를 향해 총탄을 퍼 부었다. 장갑차가 도청 광장에서 돌아 나와 카톨릭센터 건물을 벗어난 거리쯤 와서 장갑차 뚜껑을 열었다. 두건을 쓴 시민군이 태극기를 흔들면 길 양편으로 숨어들었던 시민들이 환호하며 박수를 보냈다. 나도 함께 박수를 쳤다. 도청을 향해 장갑차의 질주와 총탄의 세례가 반복 되었고 태극기를 흔들 때마다 환호와 박수가 쏟아졌다. 도청에서 쏜 군인들의 총탄은 카톨릭센터 앞 은행나무이파리까지 떨어뜨렸다. 시민군들은 적십자병원에 있는 많은 부상자들이 피가 모자란다며 호소하고 있었다. 나는 잠시 적십자병원 쪽으로 향하다 가족을 생각하며 돌아서서 집으로 향했다. 결국 헌혈을 하지 않았다. 쌍촌동 집 부군에 다다르자 광주송정 간 도로에는 차량이 돌진하지 못하도록 도로를 폭 3미터 정도를 깊이 파놓았다. 뒤쪽으로는 전방에서 왔다는 군인들이 도로 가득히 도열해 있었다. 도청의 공수부대마저 물러가고 시내는 시민군들이 완전히 장악했다. 외곽은 전방의 군인들이 도착해 광주를 포위하고 있었다. 그날 가장 늦게까지 회사에 남아서 서울본국과 연락을 한 김계장님은 공로로 군사정권 시절에 옥조근정훈장을 받았다.

시민군이 광주 시내를 장악한 이후 며칠 째 시민궐기대회가 열리니 도청으로 모이라고 차량으로 방송하고 다녔지만 나는 도청으로 가지 못했다. 두 살 된 딸이 있었고 무엇보다 두려웠다. 기독병원에 '헌혈 한번은 하러 가야지' 했는데 이 또한 실행에 옮기지 못했다. 나가려는 내 낌새를 알아채고 아버지는 내게 신신 당부를 했다.

"남주야! 니는 공무원이고 애기가 있응께 나가지 말아야 헌다 잉!"

일주일 째 소식이 없는 남동생의 행방을 찾아 아버지 혼자서 시내를 다녀오곤 했다. 6·25전쟁 당시 인민군의 총을 맞을 뻔한 어머니는 그때의 기억을 더듬으며 대학 4학년인 아들의 소식을 알 수 없어서 반은 넋이 나가 있었다.

다행히 동생도 돌아왔고 친구 일성이도 무사했다. 5·18의 아픔은 지금도 가시지 않는다. 누구는 국가의 권력을 거머쥐었다. 누군가는 목숨을 잃었고 누군가는 훈장을 받았다. 나중에야 민주화운동으로 승격되고 희생자와 피해자들의 명예회복이 되었고 유공자로 지정받기도 했다. 하지만 그 상처와 응어리는 지금도 남아있다.

일성이는 한때 5·18기념재단 이사장으로 선출되어 무보수 명예직을 수행하기도 했다. 그는 홍조근정훈장을 받았다. 김계장님과 내 친구 일성이는 상반된 길에 서 있었지만 명예로운 훈장를 받았고 시대의 굴레를 쓴 채 각자의 길을 걸었다.

훈장을 받았든, 그렇지 않았든 그해 봄의 기억은 모두에게 아프게 기억된다. 함께 하지 못해서 늘 스스로 부채의식에 시달렸던 나도 마찬가지다. 훈장이 굴레가 되고 굴레가 훈장이 되는 아이러니한 역사를 우리는 건너오지 않았는가. 수많은 일성이와 수많은 김계장이 우리 마음 안에 오래 남아 있을 것이다. 오월을 가볍게 넘기지 못하는 이유다.

삼도 방송국 윤길형입니다

오랜 동안 라디오방송을 잊고 살았다. 한 시간 넘게 걸리는 출근 시간에 우연히 라디오방송을 듣게 되었는데 그 매력에 흠뻑 빠져버렸다. 방송프로그램을 예고하는 진행자의 홍보 멘트를 들으며 나도 모르게 목소리를 흉내 냈다.

강남순환로의 서초터널과 봉천터널의 긴 구간을 지날 때도 승용차 차안에서 채널을 선택해가며 라디오방송을 들을 수 있어서 다행이다. 터널을 벗어나 제2경인도로로 들어서면 주변의 변해가는 단풍 풍경도 볼 만하다. 아파트가 가득한 월곶, 배곳 오이도의 밀리는 구간에도 라디오방송을 들으면서 지루함을 달랜다. 시야가 탁 트인 시화방조제에 들어서면 저절로 음악 따라 흥얼거린다. 거북섬 현장에 도착하면 아쉽지만 라디오 듣기를 끝낸다. 잊고 지냈던 라디오방송의 역할을 실감하면서 50년도 더 지났지만 스피커를 통해서만 겨우 방송을 들었던 시절을 떠올려본다.

　예전에는 라디오도 귀했던 때가 있었다. 우리 집에서 사진관을 하던 숙영이 아빠가 청년 한 사람과 함께 유선방송을 시작했다. 이 유선방송 공사를 총괄한 청년이 윤길형이었다. 지금이야 수많은 유선방송 사업자가 있으며 음악전문방송과 다양한 텔레비전방송까지 제공하고 있지만 그 때는 라디오방송마저 듣기가 어려웠다. 유선라디오방송은 집집마다 선을 연결하고 스피커 하나씩 달아 놓은 것이 전부였다. 우리 마을은 물론 멀리 떨어진 마을까지 두 가닥 선을 연결하는 일이 쉽지 않았다. 당시로서는 큰 공사였다. 스피커 통은 앞에 작은 접시 모양의 동그란 구멍을 뚫려 있었다. 그 구멍을 회색 천으로 막아 놓았고 가로세로가 한 뼘쯤 되는 노르스름한 나무상자였다. 그 안에 굵직한 말굽자석이 달린 스피커가 고정되어 있었고 볼륨이 딱 하나 붙어 있었다. 채널을 선택할 여지가 없는 듣기전용이었다. 긴 대나무사다리를 이용하여 가로수 높은 곳에 선을 매달아 먼 마을에 있는 집까지 연결해서 라디오 소리를 들을 수 있도록 했다. 삼도면소재지인 도덕리에서 시작해서 4Km가 넘은 송산리, 지평리, 삼거리까지 이어졌다. 또 면 경계에 있는 본량면의 동림, 애림, 평림마을까지 연결했다.

사진관 방에 설치된 앰프는 내 키보다 더 큰 캐비닛에 동그랗고 큰 볼륨이 달려 있는 장치가 여러 단 붙어 있었다. 빨간 램프와 파란 램프가 반짝거리는 걸 보면 공상만화 속 기계장치를 보는 듯 했다. 나는 그런 복잡한 장비를 관리하는 윤길형이 대단해 보였다. 커다란 앰프에서 번쩍거리는 불빛이 매우 신기해서 자주 사진관 방에 가서 놀았다. 여러 마을로 멀리 보내야 하는 방송용 앰프는 출력이 높아서 그런지 가끔씩 고장이 났다. 앰프를 송정읍에 가서 고쳐 오느라 한나절 또는 하루 방송이 중단되기도 했다.

"안녕하십니까? 여기는 삼도 유선방송국 윤길형입니다." 그는 한껏 목소리를 가다듬고 말을 했지만 본래 방송국의 아나운서 목소리와는 비교가 안 될 정도로 형편없었다. 하지만 고향 마을에서는 인기 스타였다. 그는 마이크잡기를 좋아했고 이 일을 즐겁게 했다. 유선방송용 앰프를 운영 관리하는 기술자였지만 아나운서 역할까지 했다. 한마디로 북 치고 장구치고 다 했다. 어떤 날은 앰프를 수리해온 뒤 급히 마이크를 잡고 멘트를 시작했다.

"지금까지 방송을 못 보내드려서 대단히 감사합니다"

엉뚱하게 말하기도 했다. 앰프를 수리해 오느라 방송을 다시 시작하면서 미안하다는 말을 해야 하는데 습관적으로 '감사합니다'가 입에 붙어서 나왔다.

유선으로 라디오 방송을 듣는 대가로 가을추수 때는 벼 한가마니를, 여름 보리타작을 마치면 보리 한 자루씩을 내고 라디오를 들었다. 그 시절에 획기적인 방송보급 사업을 한 일이지만 시골의 가정형편이 어려워서 가입자가 썩 많지는 않았다. 스피커가 달려 있는 집에서는 사진관 방 앰프에서 윤길형이 보내주는 라디오 방송을 동일하게 들었다. 저녁을 먹고 난 후 듣는 연속극의 인기는 대단했다. 윤길형이 짜 놓은 시간표에 맞춰 음악도 연속극도 내보내는 대로 들을 수 밖에 없었으니 말이다.

마을 사람들은 논밭에 나가서 일할 때도 '본처가 너무 순하다느니 첩이 여우 짓을 한다느니' 라디오로 들었던 연속극 이야기로 꽃을 피웠다. 옆집 숙희 누나는 방송국에 편지를 보내 노래를 신청할 만큼 애청자가 되었다. 어느 날 도덕리에 사는 조숙희씨의 신청곡 '섬마을 선생님'이 나와서 유명세를 타기도 했다.

라디오가 귀했던 시절에 윤길형은 많은 사람들에게 정보전달과 문화를 일깨워 준 선도자 역할을 한 셈이었다. 키도 크고 날씬해서 즐겨 입은 티셔츠와 청바지가 어울렸다. 얼굴은 가름하고 피부는 약간 검었으나 도시형 스타일을 우리에게 보여 주면서도 말투는 고향사투리라서 친근감을 주었다. 그는 하모니카를 잘 불었고 기타도 쳐서 우리들의 선망의 대상이었다. 내 친구 현민이는 집에 자주 놀러 와서 윤길형에게 하모니카도 배워서 잘 불었고 기타도 칠 수 있게 되었다. 나는 그 때 기타줄 누르느라 손가락 끝이 아파서 혼이 났다. 내게 음악성과 끈기가 없다는 사실을 친구와 비교해 보면서 일찍이 깨달았다.

마을에서 윤길형은 무슨 일이나 잘하는 청년이었다. 회갑잔치가 있는 집에 가서 앰프를 설치해주고 노래도 부르고 기타를 치기도 했다. 생각해 보니 윤길형은 시대를 앞서간 사람이었다. 그가 내게 준 영향은 지금 생각하니 특별했다. 중학교 일학년 때 나는 처음으로 '광석라디오, 진공관, 트랜지스터'라는 단어를 들었다. 또한 사진관 방에서 앰프의 전구불빛이 밝아졌다 흐려졌다 깜박이며 변화하는 모습을 보고 호기심도 키웠다.

　내가 전기과에 입학해서 실습시간에 배운 것 중 하나가 5구 슈퍼라디오 만들기였다. 윤길형에게 들었던 진공관 다섯 개가 들어가서 좋은 품질의 소리가 나므로 슈퍼라는 단어가 붙은 것임을 그때 알았다. 차츰 라디오 보급이 확산되었고 시골에도 텔레비전을 가진 집이 한두 집 생겼다.

　우연인지 인연인지 나는 학교에서 정보통신학을 공부했고 특히 무선통신분야에서 오랜 직장생활을 했다. 통신과 방송이 통합하던 기간에 방송사 직원들과도 삼년을 같이 근무하기도 했다. 그동안 급속한 기술의 발달로 라디오나 텔레비전 방송이 유, 무선을 통해서 수많은 채널과 다양한 컨텐츠를 제공하고 있다. 지금은 내가 원하는 대로 언제 어디서나 선택해서 듣고 볼 수 있는 시대가 되었으니 얼마나 다행한 일인가. 불과 몇 십 년 만에 놀랍게 변한 현실을 실감하고 있다. 가난했던 시절 라디오가 없어서 윤길형이 일방적으로 보내준 유선방송을 들었던 때가 그리운 추억이 되었다.

　퇴근길 시화 방조제를 지날 때 차창 뒤 유리로 스며드는 11월의 불그레한 태양이 룸 미러로 비춘다. 나만의 공간에서 라디오방송을 듣는 시간이 애인을 만난 듯 아늑하다. 프로그램의 진행자의 목소리가 윤길형처럼 수수해서 정겹다. 긴 터널들을 통과하면서도 라디오를 계속 들을 수 있는 것은 터널 안에 중계기와 안테나선이 설치되어 있기 때문이다. 지난날 두 가닥 선을 연결해서 보내주는 유선라디오 방송만 들었던 일이 오래된 옛날이야기처럼 아득하지만 사진관 방에서 깜박이던 앰프 불빛은 지금도 눈에 선하다. 또 네모난 누런 스피커 통에서 울려 나오던 윤길형의 다듬어지지 않은 목소리가 여운처럼 남아 있다.

"아아, 앰프 수리가 늦어서 지 때에 방송을 못 보내드려서 대단히 죄송합니다."

방송을 시작할 때나 끝날 때뿐만 아니라 틈만 나면 말하던 정겨운 멘트가 여전히 들리는 듯하다.

"아, 아, 삼도방송국 윤길형입니다"

자동차 안에 아침 해가 환히 비춰든다. 차는 어느새 회사 주차장에 도착하고 있었다.

뚜띠의 꿈

뚜띠는 나의 외국인 친구다. 방글라데시 선교팀에서 처음 만났다. 그는 키가 자그마했고 곱슬머리는 짧게 착 달라붙어 있다. 얼굴은 까무잡잡하며 이목구비가 뚜렷하고 약간 마른 체구였지만 눈빛이 반짝여서 야무져보였다.

그는 한국인 미희씨와 결혼해서 두 아이가 있다. 다섯 살 아들은 아빠를 닮아 피부와 외양이 우리와 조금 달라보였지만, 세 살 딸은 미희씨를 닮아 피부도 하얗다. 뚜띠는 성격이 온순하고 잘 나서지는 않으며 매우 성실하다. 매사에 신중하다보니 부끄러움을 많이 탄다. 귀찮은 일을 솔선수범하는 뚜띠는 사람들이 모두 좋아한다.

뚜띠를 만나러 가는 길이다. 워커힐 앞을 지나 구리로 가는 한강변에 핀 꽃들은 언제나 화사하다. 큰 도로에서 차량 한 대 지나갈 만한 좁은 길을 따라 들어가면 커다란 공장 가건물들이 있고 옆에 작은 가건물이 숙소다. 뚜띠 친구들은 대부분 가구공장에서 본드 냄새를 맡으며 노동을 한다. 보통 열댓 명이 함께 모여 산다. 그들의 힘겨운 상황이 한눈에 들어온다. 생활필수품을 실은 트럭이 밤에 이 공장, 저 공장을 순회를 한다. 늦도록 잔업도 하고 휴일근무도 하면서 돈을 더 벌기도 하지만 특별한 경우를 제외하고는 시내로 나가지 않는다. 그들 대부분이 불법체류자들이다. 하루하루를 살아가는 그들을 불안한 눈빛을 보며 젊은 날의 나를 보는듯하다.

임산부가 된 미희씨를 만나자마자 나는 반가운 마음으로 인사를 건넸다.

"축하합니다."

미희씨가 눈시울을 붉히며 몇 번이나 고맙다고 했다. 어느 누구에게도 축하는커녕 탐탁치 않는 눈총만 받았는데 축하의 말을 처음 들었다고 했다. 뚜띠와 결혼해서 어렵게 살고 있는 미희씨에게는 말 한마디도 힘이 되었으리라.

그녀는 어린 시절부터 재가한 엄마를 따라 새 아빠와 살았다고 했다. 수없이 눈칫밥을 먹었고 스스로를 개척하느라 어려움을 겪고 살았다. 성인이 되어 먼 친척이 운영하는 회사에서 경리를 맡았다. 언제나 정신적인 후원자가 없었다. 그때 만난 뚜띠는 그녀에게 매우 친절했다. 정이 그리웠던 미희씨는 산업연수생으로 방글라데시에서 온 성실한 뚜띠에게 마음을 열었다. 운이 좋게도 뚜띠는 한국에 정착 할 수 있었다. 더 이상 뚜띠는 이방인이 아니었다. 미희씨와 아이들과 함께 행복하게 잘 지냈는데, 어느 날, 갑자기 방글라데시로 떠난다며 기별이 왔다. 아쉬운 마음에 나는 서둘러 뚜띠 가족을 보러 달려갔다.

살랑한 바람이 부는 가을날, 뚜띠 가족과 함께 한강둔치의 코스모스 축제에 갔다. 젊은 가수들의 공연도 보고, 강바람 따라 흔들리는 코스모스를 배경으로 사진도 찍으며 즐거워했다. 솜사탕과 아이스크림을 든 아이들과 셋째를 태운 유모차를 밀고 가는 미희씨의 어깨가 모처럼 펴지는 것처럼 보였다.

인생은 두 갈래로 갈라지는 오솔길을 걷는 것과 같아서 어디로 향하든 미련이 있는 법이다. 뚜띠가 한국에 올 때는 혼자였지만 이젠 가족이 생겼으니 문제없을 터이다. 그런 결정을 하기까지 얼마나 숱한 시간들을 흔들렸을까. 뚜띠의 꿈은 이뤄

져야한다.

'방글라데시에 가서 잘 살아야할 텐데….'

나는 혼잣말처럼 중얼거렸다. 뚜띠가 그동안 닦아온 커피머신 설치기술을 방글라데시에서 펼칠 수 있으리라는 생각이 들었다.

왜 떠나는지 궁금해하는 나에게 뚜띠는 말한다.

"우린 차별에 익숙해요. 그냥 일상이어서 우리에게 공기나 다름없어요. 한국에 와서 미희를 만나 결혼하고 귀화를 했지만, 주변에서 말도 못하게 험한 말을 많이 들었어요. 아이들은 차별 없는 곳에서 키우고 싶어요.

서른 해의 파격에 대하여

"시집갈 처녀도 아닌데 그냥 이대로 사세요!"

의사의 말이 야속했다. 얼굴을 장동건처럼 고쳐 달라고 한 것도 아니다. 틀어진 얼굴을 치료하려고 특진을 신청했는데 주름진 내 얼굴을 본 의사는 단호하게 말했다.

모든 사물은 대칭일 때 좌우의 균형이 잡혀서 미적으로 조화를 이룬다. 얼굴이 일그러져 표정이 다른 사람들과 다를 때 받는 스트레스는 이만저만이 아니다. 안면마비로 인해 내 얼굴은 약간의 비대칭이다.

30년 전 일이다. 서울본사에서 수도권에 있는 현업으로 이동했다. 지하철역에서 사무실까지 걸어가는 10여분 거리의 철길 옆에 있는 집들은 나지막했다. 사무실이 있는 주변만 도시답게 건물들과 상가들이 있었다. 한마디로 구 도시였다. 업무 또한 그동안 해오던 분야가 아니었지만 중간 관리자로서 역할이 약간은 부담스러웠다. 닷새 째 되는 출근길에 오른쪽 눈꺼풀이 무거웠다.

"휘파람을 불어 보세요! 어렸을 때 귀앓이 한적 있어요?"

"아니오."

휘파람소리가 나오지 않았고 입 주변이 약간 둔했다. 의사는 열흘정도 치료를 받아보라고 했다. 방송망부서 때 부터 마비 증상이 있었지만 자리를 옮긴 후 갑작스런 변화와 긴장이 풀린 탓이려니 하고 금방 나아질 줄 알았다. 나아지기는커녕 좌우 대칭이 일그러진 얼굴 때문에 외출하는 것도 신경이 쓰였다. 사람들은 별반 관심도 없어 보였지만 정작 불편한 건 나 자신이었다.

대를 이어 치료를 잘 한다는 한의원을 찾아 갔더니 의외로 환자가 많았다. 네모난 큰 진료실 방 가운데는 침대들이 놓여 있었고 환자들은 방 주변에 벽을 등지고 앉아 있었다. 간호사가 받쳐 들고 있는 쟁반 위에는 소독된 침이 수북하게 쌓여 있었다. 한의사가 능숙하게 환자들의 얼굴에 침을 푹푹 꼽고 지

나갔다. 한약치료와 겸했지만 별 차도가 없었다. 곧 나을 줄 알았는데 변화가 없으니 마음이 조급해졌다. 병가를 내고 쉬면서 다닐 생각도 했지만 직장일이 여의치 않았다. 두 달이 지나도 입에서 한쪽으로 물이 흐르고 오른쪽 눈이 완전히 감기지 않으니 불안했다. 기대가 큰 만큼 실망도 컸다. 근전도 검사를 했다. 머리에서 귀밑, 이마에서부터 입 주변, 턱밑까지 침을 꼽아 측정 장비로 비교했다. 오른쪽과 왼쪽을 측정하는 파형이 엄청난 차이가 났다. 매일 목 혈관에 주사를 맞기가 힘들었다. 주사를 맞고 나면 두어 시간 지날 때 까지 몸을 가누기가 힘이 들었다. 저주파 충격 치료도 병행했다. 안면마비는 오래간다고 했다. 성급하게 고쳐지기를 바랐던 희망마저 사라져 불안했다. 작아진 눈을 가리기 위해 거무스레한 안경을 쓰고 다녔다. 직장 상사는 건방져 보인다고 했다. 병원에서는 얼굴의 혈관을 함부로 건드리기 어렵다고 수술을 권장하지는 않았다. 어찌 보면 수술할 정도의 큰 병은 아니라는 뜻이리라. 질병이 쉽사리 치료되고 완치될까마는 내 마음은 항상 조급했다. 예전의 반듯한 얼굴로 돌아가고 싶은 욕심이 누구보다도 강했다.

그러던 어느 날, 지인이 얼굴을 부드럽게 만지면서 기도해 주었다. 마음이 오히려 편했다. 보름쯤 지난 뒤 눈 아래와 입술

사이에서 '스르륵 스르륵'하고 실타래가 풀린 듯했다. 희한한 일이었다. 얼굴이 조금씩 회복되어갔지만 완벽하지는 않았다. 위로가 필요했으리라. 누군가 나의 어려움을 들어주고 보듬어 주니 조금씩 편안해졌는지도 모를 일이었다. 가끔은 얼굴이 풀칠한 창호지가 마르면서 당기는 듯했다. 귀밑에서 턱까지 약간 묵직하게 찌르기도 했다.

회복된다는 말과는 달리 30년이 지나버렸다. 그사이 나 혼자만 불편했다. 여전히 사람들은 별 관심이 없다. 심지어 원래부터 내 얼굴이 그러했던 것처럼 편하게 대했다. 그럼에도 불구하고 얼굴 표정이 남과 다르다는 것이 내겐 여전히 풀리지 않는 숙제였다. 채워도 채워지지 않는 욕심의 그릇처럼 거울을 볼 때마다 표정이 달랐다.

의사의 말 대로 '시집갈 처녀도 아닌데' 하며 마음을 고쳐먹는다. 거울 보는 횟수를 줄이기로 한다. 어느 작가는 청자연적의 연꽃을 바라보던 중에 똑 같은 꽃잎 중에 유독 하나만 옆으로 꼬부라진 모습을 보고 파격이라는 단어를 생각했다고 한다. 남들과 다른 꽃잎 한 장이 균형 속에서 눈에 거슬리지 않은 신선한 느낌을 준 것이다. 세상 모두가 대칭을 이룬다 해서 나조차 그럴 필요가 없지 않은가. 생각이 거기에 가 닿는 동안 얼굴이 편안해진다. 오랫동안 나를 힘들게 하던 통증도 사라지는 듯하다. 세상만사 마음먹기에 달렸다는 말이 생각난다. 아등바등 바쁘게 살다보니 몸도 마음도 돌볼 겨를이 없다. 그저 남들이 그러하니 나도 그러해야하고, 똑같은 생각을 하고 같은 모양으로 살아간다. 왠지 그래야만 할 것 같았기 때문이다. 무리에서 이탈한다는 것은 언감생심이다. 나만이 가진 삶의 무늬를 두고 시선을 밖으로 향하며 서른 해를 보낸 것이다. 겉모양을 쫓아가는 동안 마음이 어떠했으리라는 것은 미처 챙기지 못한 탓이다. 가끔씩 사는 일이 진부해질 때마다 내 개성이 자연스럽게 돋보이는 표정을 지으려 한다. 그것이야말로 신선한 포즈이자 파격이다. 비스듬하게 기운 내 눈매가 어쩌면 더 매력적일수도 있다. 앞으로 펼쳐질 서른 해는 나를 중심으로 나아가려한다. 남과 다른 나는 세상에 하나뿐이니 말이다.

STOP

　연일 눈이 내린다. 온 천지가 하얗게 빛이 난다. 겨울 무등산의 멋진 풍경이 눈앞에 아른거린다. 서울로 올라 온 후로 좀처럼 무등산에 갈 기회가 없었다. 옛 생각을 하며 가고 싶기도 해서 안부 겸 친구에게 전화했다.

　"어이, 봉균이! 광주에도 눈이 많이 왔능가?"

　"겁나게 왔당께, 무등산 출입도 막았는디 인제 입석대 가도 된다고 헌께 올랑가?"

　입석대라는 말에 오십 년도 더 지난 일이 떠올라 들뜬 마음으로 광주로 향했다.

　고등학교 입학 전까지는 무등산을 가본 적이 없었으니 당연

히 잘 몰랐다. 고등학교 국어책에 나온 입석대 사진을 보며 단
번에 반했다. 처음 무등산에 오르면서 입석대로 향하다 결국은
가지 못했다. 증심사에서 새인봉을 거쳐 중머리재까지 갔을
때 누군가 길을 막고 서서 소리 질렀다.

"S. T. O. P!"

나는 군인의 말을 못 들은 척 계속 걸었다. 그가 소리쳤다.

"야, 에스 티 오 피, STOP도 몰라? 스톱하란 말이야!"

"형! 아니 군인 아저씨! 검문소나 철조망도 없는디 왜 못가
요?"

"야! 여기서부터 내가 안 된다면 못 가는 거야!"

얼굴이 검게 탄 군인은 엄한 표정을 지었지만, 나는 겁이 나
지 않았다. 총을 들지 않고 작업하러 온 듯 낫을 들고 있었기
때문이었다. 당시에 무등산 입석대 가는 길이 군사보호지역이
라서 민간인 출입이 통제되는 줄 몰랐다. 아쉽게도 중머리재
에서 억새만 보고 내려왔다. 그 뒤로 나는 주말 아침에 눈이 쌓
여 있으면 무등산으로 향하곤 했다. 나뭇가지에 눈이 얹혀있는
모습을 보면 내 마음은 한없이 차분해졌다. 눈을 품고 숨을 죽
이고 있는 눈 덮인 숲은 늘 아늑했다. 내가 딛는 발자국소리 들
으며 혼자 걷는 기분은 어디에서도 느낄 수 없었다. 호젓함의

극치를 맛보기도 하고 눈밭에 벌러덩 누워 눈 사진을 찍기도 했다. 중머리재를 지나 장불재까지 몇 번 갔지만 한 번도 출입이 허용되지 않아서 먼발치로 입석대를 바라보기만 했다.

입석대에 직접 가보고 싶어 했던 내가 무등산에서 근무하게 되었다. 천왕봉 정상의 높이가 1,187미터다. 그 아래 1,100미터 지점에 있는 마이크로웨이브 무선통신중계소가 근무지였다. 출근할 때는 산수동에서 군용 통근트럭을 얻어 타고 다녔다. 뒤 칸에 설치한 나무의자 맨 끝자리에 엉덩이를 겨우 걸치고 비포장 산길로 올라가는 동안은 군사훈련을 받는 느낌이었다. 두 곳의 검문소를 통과 할 때마다 승인을 받아야 했다. 일주일에 두세 번씩 무등산을 오르내렸다. 내려올 때는 무등산장 쪽으로 난 샛길로 걸어 다녔다. 급경사이지만 거리가 짧고 산장에서는 광주 시내를 오가는 버스가 있었다. 일 년여를 무등산 정상에서 근무하면서도 반대쪽에 있는 입석대에는 가지 못했다. 직장 초년생일 뿐 아니라 고지로 출퇴근하는 일이 쉽지 않아 여유가 없었다.

무등산에 근무하면서 어느 산에서도 비교할 수 없을 만큼 멋진 경험을 많이 했다. 발아래 전체가 하얀 구름이 펼쳐지고 하늘이 파란 날은 내가 신선이 되는 착각에 빠졌다. 높은 산에서 차디찬 칼바람을 맞고 지냈지만 기억에 남는 일은 무등산 상고대다. 누군들 상고대를 경험하지 않았을까마는 나는 겨우내 상고대를 보며 지냈다. 나무마다 가지 끝까지 빗살처럼 얼어붙어 있고 주변이 온통 눈꽃으로 덮여있던 모습은 말로 표현할 수 없이 아름다웠다. 그 기억은 근무처를 서울로 옮긴 이후에도 오랫동안 지워지지 않았다. 그러면서도 입석대에 가보지 못한 일이 몹시 후회되었다.

눈을 가득 품은 무등산은 더 웅장했다. 50년 만에 친구와 함께 눈에 취해 걸으니 어느 사이 중머리재에 닿았다. 억새를 덮은 눈의 굴곡이 부드럽게 보일 정도로 많았다. 장불재에 이르자 지난날 내가 근무했던 1,100미터 고지에 있던 통신과 방송중계소의 철탑과 안테나 시설이 바로 옆으로 옮겨져 있어서 반가웠다. 세월이 흐르는 동안 군사보호지역이 풀려서 입석대로 향했다. 상고대의 멋진 풍경이 눈에 가득 들어왔다. 하얀 눈이 덮인 입석대는 교과서에서 보았던 사진 그대로였다. 바위기둥 위까지 눈이 덮여서 햇빛을 받아 반짝이고 그 듬직함에 입이 저절로 벌어졌다. 수직으로 절리 된 암석 입상들이 석책을 두른 듯해서 경외감마저 주었다.

"아, 얼마나 그리던 입석대인가!"

저절로 탄성이 나왔다. 하늘이 맑고 푸르니 날고 싶었다.

"어이, 언제부터 입석대 출입이 허용되었는가?"

"이 친구야! 광주 내려오면 바쁘게 서울로 올라 가버린 사람이 누군가?"

친구의 대답에 할 말을 잃었지만 우린 입석대 앞에서 하이파이브를 했다. 내친김에 서석대까지 갔다. 눈길을 걸으며 꿈을 꾼 듯했다. 서석대 역시 바위가 병풍처럼 둘러서 있어 웅장했다. 서석대 주상절리에 핀 상고대뿐만 아니라 뒤로 이어지는 정상까지 산 전체가 상고대로 펼쳐있어 감탄사가 절로 나왔다. 서석대 이상은 더 올라갈 수 없지만, 뒤로 인왕봉, 지왕봉, 천왕봉이 눈에 들어왔다. 멋진 풍경에 특별 보너스를 탄 기분이었다. 무등산이 비할 데 없이 높은 산, 등급을 매길 수 없는 산이라고 하는데 맞는 말임을 실감했다. 꼭 이만큼 높은 위치에 있던 통신중계소에서 근무했던 생각이 떠올라 코끝이 찡했다. 오십 년이 더 지나서야 입석대와 서석대를 보았으니 소원이 이뤄진 것인가. 까까머리 학생이었던 내가 일흔을 바라보는 나이가 되었으니……. 눈 덮인 상고대에서 마음 안에 쌓인 온갖 부정하고 아쉬웠던 일을 털어냈다.

세상 모든 일이 가다 멈추고 다시 가면서 성장한다는 사실은 진리다. 산에 올랐으면 다시 내려와야 한다는 당연함이 어디 나만의 일 이겠는가. 나는 이제 숨 가쁘도록 오르던 산의 정상에서 호흡을 가다듬고 인생의 고개를 내려가려 한다. 오를 때보다 더 세심하게 살펴야 하는 하산길이다. 앞만 보고 내처 달릴 때보다 멈춰 서서 갈 길을 신중하게 고민해야 하는 점은, 시행착오의 삶을 통해 이미 알 만큼의 나이가 된 것이다.

장불재에서 입석대를 바라보고 손을 흔들어 인사를 했다. 다시 중머리재로 오니 포근했다. 억새밭은 여전히 흰 눈이 가득 덮고 있다. 오십 년 전 바람에 날리던 가을억새가 눈에 덮여 조용하다. 그때의 아쉬움도 눈 속에 함께 묻었다.

"S. T. O. P!"

지난날 힘이 들어간 군인의 목소리와 과장된 표정이 어제 일처럼 눈에 어른거린다. 연일 눈이 내린 탓에 폭설이라고 하지만 무등산은 변함이 없다. 묵묵히 자리 잡은 무등산이 하얗게 빛나기는 예나 지금이나 마찬가지다.

운이 좋은 남자

　나는 원래 운이 좋은 사람이다. 시골중학교에서 시내 K고등학교를 입학했을 때도 딱 나 혼자만 합격했다. 공무원 시험에 응시했을 때도 단번에, 늦은 나이에 대학원 면접시험을 봤을 때는 예비 합격자 1번이었지만 포기하는 사람이 있어서 입학하게 되었다. 아파트에 당첨 되었을 때도 300여명 직원 중 나 혼자 특별 분양에 당첨이 되었다. 특히 군 생활에 관련한 일은 두말 할 나위가 없이 운이 좋았다.

　"야, 박이병! 젓가락을 이렇게 놓으면 된다."

　김상병은 식탁 네 곳에 수저와 젓가락 놓을 위치를 시범으로 보여 주었다.

미리 마른 수건으로 닦아 놓은 수저와 젓가락을 4인용 식탁 삼십 개 위에 놓기란 30분이 채 걸리지 않았다. 이미 나는 시간 죽이기를 배워서 천천히 했다. 장교식당에는 사단장 휴게실이 있고 한쪽에 다실이 있었다. 나는 오후 5시까지 다실에서 김상병과 함께 지냈다. 가끔씩 차도 얻어 마셨다.

"야, 너 누구 빽이냐?"

"저도 모릅니다!"

김상병은 내 배경이 궁금했는지 가끔씩 묻곤 했다. 나는 직장 상사에게 휴가를 신청하고 군부대로 소집되어 들어왔을 뿐이었다. 내가 사단 군부대로 소집되기 전에는 낮에는 직장에서 근무하고 밤에는 이틀에 한번 파출소 무기고를 지키는 보초병이었다. 교대로 보초를 서야하는 파출소에서 복무기간은 2년이었다. 그 시절엔 생업에 종사하면서 군 복무를 할 수 있는 방위병 제도가 있었다. 군부대에서 3주간의 고된 훈련을 마치고 출신지역 면, 동사무소나 예비군 중대본부에 배치 받기도 했다. 너도나도 이 길을 선택하는데 혈안이 되었다. 차츰 말썽이 많아지자 여론을 의식해 방위병 모두를 인근 군부대로 소집해 버렸다. 나는 시내 인근 사단에 배치되어 일주일간 장교식당에서 일하게 된 것이다.

　일주일 후 동사무소 중대본부로 배치되어 병역 보조 일을 맡았다. 다시 직장에 복귀했고 야간 교대근무만 가능한 통신단말국에서 근무했다. 이 또한 운이 따랐다.

　군기를 잡는다는 명분아래 모든 방위병들은 군부대로 들어가 한 달에 한번씩 온종일 훈련을 받는다. 선착순 달리기, PT 체조 등을 하며 힘든 하루를 보낸다. 이제 막 소위 계급장을 달고 온 교관은 온갖 종류의 기합을 강하게 시킨다.

　파란 하늘이 유난히 높은 가을이었다.

　"야, 남주야!"

　기합을 받기위해 양팔을 벌리고 있는 내 앞에서 상병이 말했다. 명찰을 보니 중학교 동창 종영이었다. 반말을 해야 할지 말을 올려야 할지 머뭇거렸다.

　"어어 옛, 이병 박남줍니다"

　"나 따라와!"

　"그냥 나가도 돼?"

　종영이는 나를 막사 옆 보급창고로 데리고 갔다. 초등학교는 다르지만 중학교 졸업한 후 처음 만났다. 중학교 다닐 때 웅변을 한 나를 모르는 동기생은 없다. 운이라면 운이다. 그는 건빵과 물을 내게 주었다. 군부대에서 받은 훈련 경력은 3주뿐인

나는 건빵 속에 별도로 들어있는 별사탕을 처음 먹어 보았다. 휴식시간인 듯 훈련시키던 교관이 들어왔다. 내가 벌떡 일어섰더니 종영이가 괜찮다고 신경 쓰지 말라고 했다. 그 뒤 나는 부대로 군기 훈련을 받으러 들어가면 종영이가 나를 불러내어 간단한 작업량을 주기도 하고 보급 창고에서 지내게 했다. 덕을 많이 보았다.

군대나 사회나 줄을 잘 서야 한다는 말이 있다. 요즘은 큰일 날 일이지만 그 줄이라는 단어가 실력일 수도 권력이나 배경일 수도 있었던 때였다. 실력이나 배경이 없다면 운에 맡길 수밖에 없지 않는가? 운이란 누구의 영역도 아니다. 오직 자신에게 맡겨진 운명일 수밖에. 하지만 평소에 성실하게 일하면서 신뢰를 쌓는 일이 운의 바탕이라는 생각이 들었다.

눈치나 보면서 나 편하게만 여우 짓을 했다면 운이 따르지 않았으리라. 대기업에서 솔선수범했던 나를 눈여겨 본 상사 덕분이다. 내 어려운 상황을 고려하여 군대 일과 직장 일을 같이 할 수 있도록 배려하고 도와준 것이다. 묵묵히 책임 있게 일한 결과이며 나를 좋게 보아준 상사를 만난 일 또한 운이다.

"박이병, 정말 누구 빽이냐? 나한테만 말해 봐!'

"정말 모릅니다!"

알아도 알려줄 수 없었다. 그래야 김상병이 나한테 함부로 대하지 않는다는 걸 알기 때문이었다. 김상병도 내가 장교식당에 오래 있지 않을 것이라는 걸 뻔히 알고 있었으니까 은근히 버텼다. 나는 운을 기다리지 않고 활용하는 방법을 그때도 운 좋게 찾고 있었던 것 같다.

지금까지도 나는 운이 좋았다고 생각하고 있다. 물론 가만히 앉아서 떨어지는 감을 받아먹는 스타일은 아니다. 움직이는 동사처럼 운은 변화무쌍하다. 예측 가능하지는 않지만 대략적으로 운이 찾아오는 쪽을 예감하려고 노력한다. 지금도 나는 무언가에 항상 새롭게 도전하고 있다. 열정적으로 살아가는 나의 인생에 또 한 번의 행운이 찾아들기를 기원한다.

수수 튀밥 꽃

토요일이면 공터 모퉁이에 뻥튀기 기계를 실은 트럭이 온다. 서울 강남 복판에 뻥튀기를 하는 트럭이 온다는 일이 우연이 아닌 듯하다. 나는 그곳을 지나갈 때마다 수수튀밥을 보면 친구 두영이를 생각한다.

수수는 척박한 땅에서 잘 자란다. 농토가 많지 않던 시절이라 자투리땅이나 언덕배기 밭이나 별로 쓸모가 없는 땅에 심기도 하지만 우리 집에서는 콩밭에 드문드문 심었다. 가을이 되면 넓은 콩밭에 우뚝 서서 알이 여문 수수가 고개를 숙이고 있는 풍경은 꽤나 멋지게 보였었다. 추수하기 전에 미리 몇 개씩 모가지를 잘라서 쪄 먹는 맛은 참 고소했다. 내가 좋아하는 음식중 하나가 수수부꾸미(수수전병)이기도 하다. 수수가루 반죽에 팥고물을 볼록하게 넣어 기름에 부쳐낸 부꾸미는 쫀득한 맛이 일품이었다. 수수는 잘라낸 이삭을 말려서 살살 털어내면 불그레한 알갱이가 수북하게 쌓여 그 모양도 예쁘다. 수수밥을 지으면 색깔도 더 빨갛게 변하고 향기 또한 기가 막히다. 그러나 누가 뭐래도 간식이 귀하던 시절에 수수튀밥은 최고의 간식거리였다. 두영이 매형이 우리 집에 세를 들어 사는 동안 수수튀밥을 자주 튀겨 먹었었다.

두영이 매형은 가끔씩 앞마당에서 뻥튀기 판을 벌렸다. 변변한 간식이 없던 시절에 뻥튀기만큼 풍성한 간식은 없었다. 흔한 보리쌀도 사카린을 넣어 뻥튀기를 하면 달콤했다. 강냉이를 튀기면 불어나는 분량이 가장 많았지만 지금처럼 흔하지 않았다. 어린 시절에 뻥튀기를 튀밥이라고 했다. 설날에 많이 만들어 둔 말린 떡국살이야말로 쌀과 섞어서 튀기면 최고였다. 엄청난 크기에 놀랐고 하얀 쌀 튀밥 속에 커다랗게 튀겨진 떡살이 손에 잡히면 횡재를 만난 듯 기분이 좋았다. 노란 좁쌀도 튀기면 생각보다 양이 많아졌다. 다양한 재료로 튀밥을 만들지만 뭐니 뭐니 해도 쌀 튀밥이 최고였다. 하얗고 부드러워 한 움큼씩 집어 먹는 맛이 뿌듯했다. 그러나 쌀 튀밥보다 더 나를 매료 시킨 것은 수수튀밥이었다. 하얀 꽃이 피어난 것처럼 모양 하나하나가 예쁘기도 하고 수북하게 쌓여 있는 모습은 어느 꽃보다 더 아름다웠다. 십자로 핀 꽃 모양이 일정하고 아주 고르게 튀겨져서 분량도 많았다. 먹기도 아주 부드러웠다.

웬일인지 수수튀밥을 보면 두영이가 연상되었다. 많은 친구들 중에 유난히 두영이와는 교류가 없었다. 노출되지 않은 그가 오히려 약간의 신비함과 순수함으로 포장 되어 있었다고나 할까. 잘 모르고 지내니 수수튀밥처럼 깨끗한 느낌만으로 남아 있어서 인지도 모를 일이었다.

두영이를 오랜만에 만난 것은 내가 서울로 올라온 서른 살 때였다. 역시 키는 나보다 작았지만 젊은 혈기와 야무진 모습이 더 도드라지게 보였다. 그는 공무원이 되어 있었다. 먼저 서울에 올라와 자리 잡은 상영이를 통해 두영이 소식을 알게 되었고 만난 지 얼마 되지 않아서 임진강으로 두영, 상영, 나 셋이서 밤낚시를 갔다. 천둥번개가 치고 비가 내려서 인근 가게 집에서 밤을 보냈지만 두영이는 속에 있는 말을 하지 않았다. 그 뒤 서울에 사는 고향 친구들의 정기 모임을 만들었을 때 나오라고 권유 했지만 두영이는 나오지 않았다. 고향 친구들이야 서로의 사정을 너무나 잘 알기에 거리감이 없이 모임이 계속 되었지만 두영이는 나와 개인적으로 만났을 뿐 합류하지 않았다. 공부도 잘했고 성격도 차분하고 직업도 공무원이니 친구들 사이에서 꿀릴 것이 없는데 이상 했다. 물의 기름처럼 친구들과 겉돌았다. 나는 다른 고향친구들에 비해 두영이 가정사를 알지 못했다.

세월이 흘러 서로 가까운 곳에서 근무한 때가 있었다. 점심 때 서로 사무실에도 들리기도 하고 식사도 자주 했다. 두영이는 내 부모님과 가족에 대해 잘 알고 있지만 나는 두영이 부모님이나 가족에 대해 알지 못했다. 그가 언급하지 않았고 나 또한 묻지 않았다. 어쩌면 내가 어느 정도 자기 사정을 알고 있으리라고 짐작하고 꺼내지 않았는지도 모른다.

두영이는 고향 친구들 중 유일하게 서울대학에 합격했지만 입학을 포기했다. 가정 형편이 어려운 탓이었다. 6·25전쟁 때 아버지가 전사해서 원호가족이었다. 그래서 그의 어머니가 어렵게 어린 사 남매를 키웠다. 여유가 없던 터라 대학 입학금을 마련하지 못했다. 그래서 두영이는 일찍부터 직장을 얻어 가족을 부양해야 했다. 곧바로 공무원이 되었다. 대학에 입학하지 못한 그의 가슴은 찢어 졌으리라. 때문에 한 때 좌절했고 친구들과 가까이 하고 싶지 않았으리라.

지난해 코로나가 엄중한 시기에 두영이의 부음을 듣고도 문상을 가지 못했다. 두영이의 장례가 끝난 뒤 두영이와 한 마을에 살았던 봉현이를 통해 두영이의 마음을 더 이해하게 되었다. 재가(再加)한 어머니에 대한 애증이 친구들 앞으로 나오지 못하게 했던 것을.

"어이 두영이! 낚시 가서 하룻밤 지셀 때 속마음을 진즉 좀 털어버리지 그랬능가?"

차라리 사회에서 만났거나 직장 동료처럼 어린 시절을 단절할 수 있었더라면 좋았을 것을, 깨끗하고 완벽하게 튀겨지는 수수튀밥처럼 뻥이라도 쳤더라도 좋았을 것을⋯⋯.

돌이켜보니 척박한 땅에서도 잘 자라서 우뚝 서 있었던 수수를 그땐 몰랐었다. 잘 여문 이삭이 교만하지 않고 고개 숙이고 있던 멋진 모습이던 것을 이제야 알아 차렸다. 삶아서 익힌 불그레한 낟알들을 까먹었을 때 툭하고 깨어지는 고소한 맛을 잊고 있었다. 수수부꾸미의 고급진 풍미 같은 자존심을 살리느라 애쓴 그의 마음을 모르고 지냈다.

가끔씩은 친구가 가슴에 품은 상처를 시원하게 토해 버렸더라면 좋았을 텐데 하는 생각이 든다. 햇수수 한 됫박 들고 뻥튀

기 하러 트럭 아저씨를 찾아간다. 깨끗하고 소담스럽게 피어
나는 수수튀밥 꽃을 보면서 늦으나마 친구의 굴곡진 삶을 떠올
려본다.

두꺼운
북소리

지은이 ㅣ 박남주
펴낸이 ㅣ 김혜주

편집자 ㅣ 정영재
펴낸곳 ㅣ 다다다출판사
디자인 ㅣ 정영재
발행일 ㅣ 2023년 10월 16일
주소 ㅣ 서울시 마포구 마포대로 73 SK허브그린 422호
문의 ㅣ 02-395-4396
팩스 ㅣ 02-2179-8286
메일 ㅣ dadada-book@naver.com
인쇄 ㅣ 예림인쇄
제본 ㅣ 다인바인텍

15,000원

ISBN 979-11-979799-1-0

다다다 출판사